生于1984

姚讲◎著

中国经济出版社
CHINA ECONOMIC PUBLISHING HOUSE
·北京·

图书在版编目（CIP）数据

生于1984／姚讲著．--北京：中国经济出版社，2020.10

ISBN 978-7-5136-6287-1

Ⅰ.①生… Ⅱ.①姚… Ⅲ.①小小说-小说集-中国-当代 Ⅳ.①I247.82

中国版本图书馆CIP数据核字（2020）第158175号

责任编辑　孙晓霞
责任印制　马小宾
封面设计　任燕飞设计工作室

出版发行　中国经济出版社
印 刷 者　北京富泰印刷有限责任公司
经 销 者　各地新华书店
开　　本　880mm×1230mm　1/32
印　　张　8.5
字　　数　155千字
版　　次　2020年10月第1版
印　　次　2020年10月第1次
定　　价　49.80元
广告经营许可证　京西工商广字第8179号

中国经济出版社 网址 www.economyph.com 社址 北京市东城区安定门外大街58号 邮编 100011
本版图书如存在印装质量问题，请与本社销售中心联系调换（联系电话：010-57512564）

目录
c o n t e n t s

目录

contents

目录

contents

目录

contents

第一辑

逆风破茧

母亲·电话·窗

我每天给母亲打一个电话，打电话的时间没定，啥时候有空就啥时候打。电话在母亲的房间里，就在床边，所以很方便。但是母亲是个闲不住的人，喜欢出去找人闲聊。所以有时候一天要打好几次电话，母亲才能接到。除非有急事，母亲很少给我打电话，因为用座机电话打长途贵。

最近几天，天气突变。我意外地每天接到母亲的电话，话不多：幺娃，今天又有雷阵雨，还降温了七度。多穿点儿衣服，别感冒了。我说“晓得了”，然后就挂电话了。

一连几天的坏天气，就一连几天接到母亲的电话，电话的内容也总是那一句。有时候我正在上班，忙，就会挂掉电话，过一会儿再打过去。问母亲找我什么事，还是那句话，只是降温度数上的差别。

这种电话接得多了，就麻木了。

有次回家，吃晚饭的时间，我坐沙发上看电视，六点四十五分的时候，母亲突然夺过我手中的遥控板，切换到四川卫视频道。我问母亲干吗？她说看天气预报，看明天绵阳的天气如何。旁边的父亲就笑了，说：幺娃现在在家，你看绵阳天气干吗？

母亲这才回过神来，拍了拍自己的脑袋，说：糟了，老糊涂了。说的时候，脸上挂着孩童的那种纯粹的笑。

我却哭了，只是把泪流在心里。母亲每天下午六点四十五分雷打不动地看四川卫视，就是为了看自己儿子所在地的天气。我工作的地方和母亲相距四百里路，一根电话线就跨越了这个空间的阴霾，母亲随时在我身边。

后来父亲去世，我把母亲接到我工作的地方。租的是三室一厅，就我和母亲两个人住。

母亲执意选择了中间那个很小的房间，我问母亲为啥不住大的那间，母亲说她习惯了住小房子小窗子，大房子住不习惯。

我不再说什么，既然老人家喜欢，就随她吧。

然后每天按时上班，下班。

一次下班后，同事请吃饭，我忘记给母亲说就跑去玩了。回家的时候，已是灯火阑珊。快到家的时候，我远远地看到母亲那间房亮着灯，就飞快地跑回去。打开房门一看，母亲就坐在她房间的那个窗子前，探着头望着外边。

我告诉母亲说我回来了，母亲就问：是不是出去玩了？也不给我打个电话，害我在这里坐着等你半天。母亲说这话的时候，脸上堆满了笑容，还有那么一丝哀怨。

我低头认错。母亲又笑着说：下次不回来吃饭一定记得打电话，免得我着急。

从那以后，每天上班的时候，我都会向母亲的那个窗子看看，总能看到一张熟悉的母亲的脸。每次下班回家，从可以看到我所住的房子开始，我就会不自觉地向那个窗子望望，献上一个微笑，因为，那里有一张熟悉的母亲的脸。

皇帝命姚讲

姚父年轻不成器，三十八岁结婚，四十岁那年喜得一子。他仅是高小文化，年轻时却熟读古书，算得上半个文化人，给孩子取名自然不能马虎。那时正遇上“五讲四美”活动，于是他给小儿取了单名一个“讲”字。引用姚父的话说，“讲”的真正意思是“权”，有“权”者才有资格“讲”。他哪知“讲”还代表话多，特别是废话多。这只是后话了。

在农村，孩子一出生就会“称骨算命”，姚父把小儿的生辰时间和称命书一对照，大惊！书上写着：七两二：此格世界罕有生，十代积善产此人，天上紫微来照命，统治万民乐太平。他以为算错了，于是再将生辰时间一一对照核了一遍，没错！就是这个命。

称骨算命

这消息很快被传开了，不成器的姚父生了个七两二皇帝命的儿子。而且名字取得好：“摇奖”！姚父去哪儿总是笑呵呵的，活像个弥勒，俨然把自己当成“皇帝”他爹了。

满周岁那天抓阄，姚父在院坝里摆了张桌子，桌子上放满了东西：锅铲、书、笔、水果、钱、糖……小姚讲左盯右看，结果啥都没要，直接抓着姚父腰间钥匙上的小印章不放。姚父不知道他要干啥，就干脆把钥匙取下给他，哪知他把印章拿来就往书上一按。就在众人迷惑时，只听见有人大声说道：奇了！奇了！这孩子竟然知道印章是何物，定是当官的料！说话的是个中年人，路过此地见有孩子抓阄就顺便看看热闹。他对姚父说，好好培养孩子，将来必成大器！这一来，姚父就更坚信自己的儿子将来能当龙成凤，不当皇帝也能当个总理之类的。

小姚讲渐渐长大。他五岁那年，姚父送他去学校读一年级，老师死活不收。姚父就夸口说小儿期末考不到第一名我就领他回家，可你总得给他个机会吧？好说歹说，老师终于答应收下他。

一学期一晃荡就完了，期末考试小姚讲语文数学都考了一百分（那时小学不学英语），老师高兴得嘴都笑咧了。此刻的姚父满脸骄傲地说：看吧，当初你还不收的学生如今却是成绩最好的。骄傲刻在脸上，幸福藏在心里。有多骄傲，多幸福？得问他本人才知晓。

姚父很放心地把儿子丢在老家跟着奶奶生活，自己则去城里做点儿生意小打小闹。儿子本来就是皇帝命，第一次考试的双百分更是给他吃了颗定心丸。从那天开始，他便对儿子的成绩不闻不问，用他的话说，这些事还用他来操心吗？

小学升初中，姚讲的分数比民办初中差三分。姚父气急败坏，问其原因，姚讲弱弱地说：考试那天，所有的同学都是家长送午饭来的，唯独我饭都没得吃，所以下午的考试考砸了……姚父听得自是惭愧，二话不说就交了赞助费把儿子送进中学。

这次绝对是例外，姚父安慰自己道。

初中升高中那年，姚讲父母闹矛盾闹得天翻地覆。特别是中考那几天，今天闹离婚，明天闹分财产。结果姚讲考县城的三流高中还差一分，姚讲什么话都没说。只是去拿成绩的时候，老师叹息本来能考重点高中的苗子竟然考得这么差。成绩下来，老两口突然发现孩子都初中毕业了，还离啥婚？脑壳昏！不离了！把孩子送高中读书吧，都是自己害了孩子前途。但是姚父坚信儿子是皇帝命，只怪自己当时影响了他，如此而已。

高考正常发挥，姚讲考到省外一所科技大学，成了村里的第一个大学生。姚父高兴得几天没睡着觉，高兴之余还摆了几十桌席宴请村里所有人。姚父是真心高兴，高兴自己的儿子成了村里第一个大学生，离“皇帝”又近了一步。

大学几年，姚讲努力学习的同时又参加勤工俭学，写文章挣稿费，读书除学费外几乎就没问家里要过钱。姚父每次提到这事时，满脸的皱纹也扬着一丝自豪。

大学顺利毕业，姚讲刚毕业就应聘到一家外企任培训讲师，姚父开始是死活不准他给外国人打工，要他考公务员从政。姚讲就发挥他“讲”的本领，姚父哪里是对手？想想自己年龄也大了，孩子的事就随他喜欢吧，自己也该和老伴想想回老家种地养老的事了。然而就在这年，姚文脑出血突发死亡，“皇帝”他爹的身份也成了永远的希冀。

姚讲辞了外企公司的工作，回老家办完父亲后事，然后把母亲接到自己工作的城市，和母亲相依为命。没了家，日子过得清苦而平淡。为了生存，工作换了一个二个三个四个。

有一天，姚讲突然在网上看到一个“称骨算命”的地址，就点进去把自己的生辰时间输入电脑一看，姚讲：您八字命运的骨重为五两六，命书如下：此格推来礼义通，一身福禄用无穷；甜酸苦辣皆尝过，滚滚财源盈而丰。

姚讲不相信自己的眼睛，以为是看错了。父亲不是一直说自己是七两二的皇帝命吗？再将自己的生辰时间输入电脑算了几遍，每次结果都是如此。

姚讲很迷茫，究竟是电脑错了，还是父亲错了？

腊肉

这是我到北京的第十天早晨，我和苏三在啃馒头。

我说，我闻到腊肉的香味了，香！真香！

苏三说，快啃你的馒头，啃完了，还要准备上午的面试！

我说，我真的闻到腊肉的香味了。

苏三没理我，继续啃馒头。

我就说，我给你讲个故事吧，关于腊肉的。不影响你啃馒头，你边啃边听就成。

我就开始讲关于腊肉的事儿。

小时候，我和其他伙伴一样，期待着新年早点来。和他们不同的是，我只对吃的有兴趣，总觉得吃了才是进了自己肚子，新衣服这些都是穿给别人看的。

我期待过年，还因为过年要杀年猪，只有杀年猪的时候才能吃上新鲜肉。年猪杀了，父亲就会把所有肉全部用盐腌起来，腌上一周左右，捞出来洗干净，然后挂在灶台上，自然烟熏一个月，过完大年，就将肉高高地挂在堂屋通风的地方，有客人来，就爬楼梯，割一块下来，再在地里砍几窝青菜，炖一锅，或者抓些老咸菜，爆炒了吃。

说完这些，我听到苏三的喉咙咕咚一声，估计是吞了口口水。他看我停下来，就抓起杯子，喝了一口自来水，继续啃馒头。

我继续说下去。

那时候，父母都在城里做生意，只有过年才回来。奶奶在家养猪，顺便看着我，所以我们家的年猪总是比别人家的小很多。我们家的腊肉一般都吃不完，倒不是因为家里常年只有我和奶奶两个人，而是除了有客人来，奶奶是绝对舍不得吃腊肉的。平日里我们都吃清水白菜或者泡菜下稀饭。所以，每年过年的时候，家里都还剩很多去年的老腊肉。年后，父亲就把头年没吃完的腊肉拿到城里去吃。

从我有记忆开始，一直到我九岁那年，我们家就一直过这样的日子，这样吃腊肉。

苏三说，你说的都是废话，在农村，谁家都是这样的，以为只有你家才这样！

我说，我还没讲完嘛，你听我继续说。

我十岁那年的暑假，坡上种下的土豆刚开始下仔儿，豌豆也刚好挂上片儿。我和一群小伙伴在一起耍，大家在坡上疯跑了一段时间后，突然发现豌豆都挂上片儿了，就跑到竹林去砍了几截很大的竹子，切两节两头都有竹节的，再打一小洞，洗干净；又跑到土豆地里面去掏土豆，豌豆地去摘豌豆片儿，一起洗干净了，就往竹筒里塞。

塞了一半，突然想起腊肉了，我自告奋勇地说，我家只有奶奶在，我回去偷腊肉，反正我家腊肉也是从来没吃完过，就算奶奶发现了，她也不能把我怎样。

我就悄悄地从家里割了半块腊肉出来，用水稍微冲了几下，再割成大小不一的肉丁、肉块，全部塞进竹筒里。

就近找了块地，搭个小石碓，就开始点火烧竹筒。没过多久，有人就在吼，熟了，熟了。

一个吼了，另外几个也开始起哄，说熟了，熟了。

熟了还不吃！不知道是谁这样吼了一句，就把竹筒划开了，然后你争我抢，筷子都没用，直接用手就抓起腊肉、土豆和豌豆片一起吃完了。

那味道之好，简直无法用语言来形容。

说到这儿，又听到有喉咙咕咚的一声，这次是我的。

完了？苏三问。

没有，要是这样就完了，我这个故事还有啥意义？听我继续讲。

那时候，我们都顾着抢腊肉吃，谁都没感觉到这个腊肉根本就没熟，完全还是生的，而且全是肥肉。但是那味道太诱人了，所以谁都没考虑，就直接往嘴里塞。

结果，我们吃了腊肉的五个人，全部把肚子吃坏了。我吃得最多，所以最严重，肚子拉得整个人都虚脱了。

我没敢告诉奶奶是什么原因，只告诉她我肚子疼，疼得还很厉害，还没说完就往厕所冲。奶奶吓坏了，还让人捎信把父母从城里叫回来。我被送到医院，打针，输液，好几天时间才好。

我悄悄告诉父亲，是因为偷吃了腊肉才把肚子吃坏的。我还告诉父亲，谁让奶奶整天就让腊肉挂着，挂着，就不弄给我吃！

不知道父亲对奶奶说了什么，还是其他什么原因。反正从那事以后，每天都有腊肉吃，吃得我每天都满嘴的油腻。

挂着的腊肉一天天变少，快开学的时候，腊肉就吃完了。

就在吃完腊肉的第二天，奶奶去世了。突发脑出血，没有任何征兆。

我开始哭，大哭，特哭，恸哭。我宁愿一直没腊肉吃，也不愿意奶奶离开我。可是，我再怎么哭，奶奶终究还是没再醒过来。

奶奶走了以后，我家就再没养过猪。要吃肉，都是在街上买肉吃了。

说到这里，我眼睛有些湿润，苏三的眼睛也有些湿润。

好了，我讲完了。去把衣服换上，准备去参加面试吧。我对苏三说。

收拾之后，我就和苏三去参加了上午的面试。

面试的单位是一家食品公司，他们要招两名内刊编辑，负责写稿子，改稿子，编稿子，排稿子。

面试很顺利，经理让我们讲一个关于食品的故事，我就和苏三一起把腊肉的故事讲给经理听。讲完后，我看到经理的眼睛有些湿湿的，我就知道我们有希望了。

下午接到电话，说是我们都通过了面试，明天就可以上班。

为了庆祝，我们准备大吃一顿。结果发现楼下新开了一家竹筒饭。自然地，我和苏三每个人点了两份腊肉味的。

很显然，饭钱是苏三给的。

我那个爹

炉火沸腾，爹卷了撮叶子烟，凑在炉火上点燃后重重地吸了一口，烟雾缭绕着弥漫开来，淹没了整个屋子。我端坐在地上，没像往常一样扑烟雾，而是安静地坐着，茫然地盯着他。

我喃喃地说：我饿，我要娘。

爹不吭声，把头低得很沉，良久才从破柜子里翻出一把碎米，丢进泥灶上烧着水的瓷盆里。水扑哧扑哧地翻滚着，蔓延着纯白的泡沫。我担心碎米会跟着泡沫跑出来，忙添了小半碗冷水。

饭熟了，爹慈爱地对我说，你饿，你先吃。

我说，烫。

爹就端着我的碗，用筷子一边搅拌，一边吹气。

我说，爹，你在往我碗里吐口水。

爹就笑，他一笑就露出残缺漏风的黑牙圈。

吃完饭，爹告诉我说：儿啊，我们去城里过新生活吧。

我问去城里有饭吃吗？

爹说有。

我又问去城里有娘吗？

爹沉默了一会，说有。

那就去吧。我毫不犹豫。

五岁那年的一个下午，我和爹一起进城去了，开始新生活。爹说的，城里有饭吃，城里还有娘。就在那天下午，我看到爹浑浊的眼睛里忽闪着一丝透明。

娘从来没有在我的记忆中出现过，我对娘的认知是因为邻居憨憨。憨憨娘特疼他，我就想要是我也有娘疼，该多好。

爹曾经领过一个女人回家，爹让我叫她阿姨，我却叫她娘。她那张如花的脸骤然凋谢，枯萎。而后，头也不回就走了。从那以后，爹再没领过女人回家。

城里真好，桥洞比我家房子还大几倍。爹找来几根木棒、几张油纸，支起了我们的新家。

爹的工作是第二天开始的：捡垃圾。爹说这是不需要本钱的工作，捡得多，钱就多。有了钱就送我去读书，还给我找个娘。我听得很幸福，爹从来没有骗过我，我相信他。

为了能早点进学校读书，我每天也卖命地捡垃圾，一个矿泉水瓶子、一张旧报纸、一个钉子我都不放过。

到城里的第三天，爹带回来两个肉包子。包子没有传说的那样流着油，但还是馋得我直流口水。我几乎是整吞了那两个包子，肉香的味道在我心中一直弥漫着。爹看着我吞包子的样子，就猛吸了口叶子烟，咧着嘴笑，笑得很慈祥。爹告诉我说，以后每天至少可以吃一个包子。我就咧嘴笑了，笑得很幸福。

到城里的第一百天，发生了两件大事：第一件是我们搬家了，爹说要送我去读书，不能再住桥洞，不然要被同学笑话；第二件是我们去吃了顿自助餐，庆祝我们成功在城里立足。

爹说现在有了房子住，我们就算城里人了，要和城里人一样讲文明，不能再像个泥娃一样，花着张脸到处乱窜。爹说完后猛吸了口叶子烟，神情淡定，多年后我还能回忆起爹脸上的那份坚毅和自强。

爹捡了个书包，我把它洗得极干净，晾好。秋天的时候，爹就送我去了学校上学。爹告诉我说，你现在是个男子汉了，要有个男子汉的样子。我无法完全理解爹的话，但我还是狠狠地点头。

一年后，爹不再捡垃圾，换成了收废品。爹有了属于自己的事业，兴奋得像三岁时候的我，又蹦又跳。我也没给爹丢脸，爹当“老板”的那天，我给爹送了份大礼：期末考试满分的成绩单。爹看到成绩单就笑，一笑就露出残缺漏风的黑牙圈，我就乐。

爹的生意日渐变好，生活也一天天变好，房子变大了，却依旧只住了我和爹。爹没有带过任何女人到家里来，我也没再提起过“娘”这个字，小日子被我和爹摆弄得有滋有味。

我上中学了，住校，每周回家一次，这时候的爹已经是个小有名气的老板了。

我告诉爹，找个老伴儿吧，你还很年轻！爹就笑笑，是很年轻呵，这些年为了盘弄你小子，把自己的事都给耽误了。爹说这话时，很悠然地点燃一支香烟，放在唇上轻轻吸上一口，动作潇洒而帅气。

看爹饶有兴致，我就笑问爹：爹，当年娘为什么会离开我们？

爹很郑重地说：娘？我也不知道你娘为什么会离开你。

肯定是你的错。我嘟哝着嘴，调皮地说。

爹掏出了他的身份证，上面写着出生年月：一九七八年十月。

爹只比我大十四岁！

爹接着说：你只是我在路边捡的一个孤儿，我也是孤儿，我们同命相连，所以看到被扔在路边的你，我就把你带回家养到现在……爹每讲一句，就抽一口烟，烟雾缭绕，弥漫成一个巨大的幸福而温暖的磁场。

父亲和他的稻田

父亲年纪越大越固执，越像个孩子。

三年前，大哥在市里买了房结了婚生了孩子，我也在千里外工作的地方安家置业了。想着父亲的年纪越来越大，我们都提出让他进城，和我们住一起。要么跟着大哥，要么跟着我，一家待一段时间也行。可他从来没松过口，他说他要守着他农村的老房子，有感情。

一开始提这事，父亲还只是委婉地拒绝，到后来直接发飙了——只要不提这事，就是父慈子孝，一提让他进城，就鸡飞狗跳。自此我们就再不敢提这事。父亲说了，谁要再敢提让他进城，他就和谁断绝父子关系。

倔强的父亲也给了我们一个台阶下：他不再种水田，只在家门外的土里种点蔬菜供自己吃，再养几只下蛋鸡，隔三岔五给他的大孙子送鸡蛋去。

这样安稳的日子只过了三年。

今年春节的时候，父亲突然告诉我们，他要种水田，他要在田里种水稻！

岁数越大越执拗，耍起脾气来越像个孩子。

倔强起来十头牛也拉不回来的父亲，真的在后院的水田里种起了稻子。

他春节期间就让水田关闸蓄水，过完大年，先去二伯家租来了村里唯一的耕地牛，把久荒不耕的田整整犁了三遍，再用爪钩把泥慢慢弄平，又在一个田角育了一小块面积的秧苗。待秧苗长到可以挪窝的日子，他又一个人拉绳子找齐平，将秧苗齐齐地种上。

这些事，都是父亲在春节后一个人干完的。一开始，我和大哥都想着他老人家不过是心血来潮，看地荒着，人又闲得慌，倒腾两天，累了就不干了。谁能想到他这么能折腾！大哥为这事很生气。每次打电话都先习惯性地一阵埋怨：父亲有多犟，有多不听话，有多孩子气。这么大岁数了，那么冷的水，要是冻着了咋办，感冒了咋办！

我能咋办？我总不能去田里把秧苗都给他拔掉吧！那可是他的心头肉，命根子。此时此刻，田里的禾才是他的亲儿子，你我都是捡来的。

对待田里的禾，父亲确实也是老来得子般，每天早上天刚发白，他就起床了，草草地拔几根地里自己种的青菜，洗净后扔进刚下了几根挂面的柴火锅里，待水再次沸腾，就捞到粗碗里，撒上几粒盐，再不放别的作料就开吃。填饱了肚子，他就跑到田边，静静地待上半个小时，看着风中摇曳的禾，那眼神，像极了当年看着摇篮里的我。

父亲种水稻已经成了既定事实，无法改变了。所以，大哥埋怨归埋怨，后期该拔稗子的时候拔稗子，该抽水的时候抽水，该施肥的时候施肥。父亲有些不太好意思看到大哥每个月都专门请假回来干这完全生疏的活儿。但是已经年过古稀的他再倔强也有体力不支的时候，他不得不让大哥接下这苦力，然后自己站在田边看，委屈又有些羞怯。

秋前十天无谷打，秋后十天满田黄。

立秋后十天左右就该收稻子了。虽然我已经预先把钱打给大哥，让他提前请好人，约好机器，看好天气，直接就把稻子收了。但我还是放心不下，订了机票，飞回重庆，约上大哥一起，回农村看看父亲的稻田如何处理。

看到我们回来，父亲嘴上一直絮絮叨叨地埋怨说我们也不提前给他说一声，让他一点准备都没有，却也没藏住脸上的高兴劲儿。时光在父亲的脸上雕刻出一条条深深的痕儿，这些痕儿此刻全都活蹦乱跳起来。

午饭的菜全是家门前菜地里父亲种的青菜，意外的好吃。

大哥能经常吃到，倒没觉得啥。然而于我来说，常年在外极少吃到这种家常味的人来说，简直就是人间至美。

稍微休息就该说收稻子的正事了，大哥怕父亲会固执地要求我们父子三人一起赤膊上阵，所以一直婉转地在那里絮叨自动收割机有多方便，收割得如何干净……我也在旁边不停地附和。父亲缓缓地点燃他的叶子烟，眼神有些迷离地对着大哥说：你说的那机器啥时候能来？下午能来不？能来的话赶紧让他们来把稻子收了。

大哥一下子愣住了，他完全没想到父亲会如此轻易就同意用机器收稻子。要知道父亲说过，机器种植出来的粮食是没有灵魂的。

看大哥还在愣着，父亲的脸色微微潮红，他有些着急了，把烟杆往旁边一摔就朝着大哥吼起来：下午能不能来，你倒是说句话啊！明天，明天，咱们家田就要被推掉了，修高速路。去年下半年就敲定的，前几天，你们回来之前就说了，今天是最后的期限。明天，明天他们就要来人挖土推地了……父亲的情绪非常激动，说着说着，眼泪就下来了。

几十年了，我从来没有见过父亲流眼泪。但是这次，年过古稀的他，哭得像个孩子。

孩子和鸭子

孩子从小和奶奶生活在一起，父母在遥远而陌生的城市做小生意。

孩子十岁那年，家里发生了两件大事：第一件是他们搬了新居，有了“家”的物质基础；第二件是奶奶去世，泪还没流干，父母就又去了陌生的城市，走之前，请来了孩子的舅舅，看家的同时，顺便照顾孩子。

孩子从小跟着奶奶过，奶奶是新中国成立前小姐身份出生，和孩子的距离可以用断代来形容。奶奶不喜欢说话，总是默默的。孩子觉得很孤独，越是觉得孤独，就越喜欢热闹的地方。所以孩子总喜欢去人多的地方玩。奶奶去世后，孩子更孤独了，因为舅舅天不亮就走人了，天不黑不回家。

孩子突然想到了鸭子，以前奶奶经常骂孩子是鸭子变的，天不黑，不回家。孩子觉得舅舅也是鸭子变的，天不黑，不回家。但孩子不敢在舅舅面前提这话，他不怕舅舅打他，而是怕要是说了这话，舅舅天黑了也不回来。偌大的屋子，就只剩下他一个人了。

孩子十分怀念老屋的邻居，有大婆婆，还有姑婆，还有叔叔婶婶们。孩子小时候不调皮，不骂人，文静得像个姑娘，叔叔婶婶都喜欢偷偷逗他，把他逗哭了也不骂人。但是只能偷偷逗他，因为孩子的奶奶要是知道了要骂人，骂得很厉害，啥话难听骂啥话。

那天放学后，孩子又去老屋的大婆婆家玩，大婆婆正在喂鸭子，是大姑从云南买回来的半大鸭子。大婆婆看到孩子来了，就一边给鸭子添料，一边招呼孩子玩。

孩子玩了会儿，就说要回去了，天快黑了，舅舅回来要是找不到他要骂人，甚至不给自己饭吃。

大婆婆看到孩子瘦瘦的脸，有些心疼，孩子临走时，送给孩子一只半大的鸭子，并叮嘱孩子，每天上学前把鸭子放养到地里，放学回家再带回家，养两个月就成大鸭子了，到时候让舅舅给你好好补补。孩子又是高兴，又是激动，抱着鸭子，唱着歌儿回家了。

舅舅提前回来了，正烧火做饭。

看到孩子回来，就埋怨孩子，天都黑了，也不知道烧火做饭，每天就知道吃，就知道玩！长大了也是个没出息的货。

孩子怯怯地，将鸭子放到猪圈里。

舅舅问孩子哪儿来的鸭子。

孩子说是大婆婆送的，半大的鸭子。

舅舅没再说话，苦瓜着脸，说，还不过来烧火！

孩子就怯怯地走到火塘前，开始添柴，烧火。

孩子听了大婆婆的话，每天上学前，把鸭子放养到地里，放学的时候再把鸭子带回来。像伺候贵人一样伺候鸭子。不仅如此，每天放学回家的路上，孩子还从地里采些嫩草，回家后，把草切得碎碎的，再偷偷从米缸里偷出些碎米，和青草混在一起喂鸭子。

以前，孩子晚上睡觉前上一次厕所，半夜从来不起床。有了这只鸭子后，孩子半夜总会起床几次，到猪圈屋看看鸭子，摸摸鸭子的脑袋，然后抱起鸭子，用脸蛋贴贴鸭子的头，再回到床上，美美地睡觉。

孩子有了这只鸭子后，开朗了许多，脸上每天都会挂着淡淡的笑。

鸭子在孩子的精心照料下，一天天肥了起来，孩子每晚抱它就感觉到了，开始抱着是轻飘飘的，如今抱着是沉甸甸的。孩子想一直养着这只鸭子，有了它，自己就不会再孤单。

突然有一天，舅舅告诉孩子说，鸭子不能老养在地里，鸭子属水的，鸭子得在水里养，不然迟早会闷死在地里的。

孩子听了舅舅的话，让舅舅帮忙把鸭子放到房子附近的池塘里。

当天下午，孩子放学回家接鸭子的时候，却没找到鸭子，池塘没有，地里也没有，家里更没有。晚上，舅舅回来了。孩子问舅舅鸭子去哪儿了，舅舅告诉孩子，鸭子一直没下过水，一放进池塘里，扑腾了几下，就沉下去了，淹死了，连尸体都没见到。

孩子不相信，开始哭，哭得眼泪横飞，鼻涕纵流，一边哭一边打闹着要舅舅赔自己鸭子。舅舅说我上哪儿去赔你鸭子，不是你让我把鸭子放池塘去的吗?

孩子哭了整整一夜，晚饭也没吃。第二天早上，孩子红肿着眼睛，早饭也没吃就念书去了。

孩子始终是孩子，中午就饿得不行了，大吃了一顿，晚上回到家，也没再和舅舅提起鸭子的事，再后来，就不了了之了。

多年以后，孩子大了，舅舅老了。从舅舅口中得知，那只鸭子被舅舅卖了，卖的钱，当天就被舅娘收了。

财富

十岁那年的暑假，我如愿到了父亲做生意的城市。

我在农村出生，父亲在城里做小生意，卖鸡蛋。十岁的我无法用语言来比较城市和农村的差距，只知道：在城里，每天早上可以吃豆浆油条，不用啃酸萝卜下稀饭；想吃支冰糕也不用走上三五里山路……太多了，所以我每年都盼望过年一般盼望放暑假。

到城里的那天晚上，父亲告诉我：儿啊，你现在已经十岁了，要学会自食其力。明天你就自己背着鸡蛋去市场上卖。

我不吭声，表示抗议，换来的只是父亲的一句“明天早上我送你”。

天不亮，父亲就把我叫起床，然后帮我背上装了鸡蛋的背篓，向市场走去。一个小时后我们到了目的地，天开始蒙蒙发白。父亲掏出早就给我准备好的一叠零钱后，回去了。他还要到另外一个市场开始一天的经营。

来的第一个顾客是个中年妇女，估计才下麻将桌，眼睛上戴着个眼圈，黑黑的。

鸡蛋好多钱一斤？

阿姨，我卖的三块八。

有少没？

阿姨，这个价格不贵呢。

还不贵，人家都才卖三块七。（她说的是五公里外的大市场上的价格。）

阿姨，我这个鸡蛋要新鲜一些，每天都是卖完了才回家。

新鲜，难道别人的不新鲜？！这么大点儿的人就晓得卖高价了，还诋毁人家的不新鲜！

阿姨，您是我的第一个顾客，我就三块七卖给你吧，开个张。

不要了，小小年纪就学会了骗人，长大了如何了得！

……

中年妇女最终没有买我的鸡蛋，她边走边骂骂咧咧地念：他妈的遇到鬼了，昨晚打麻将输了好几百，一大早来买菜，小屁孩儿也晓得忽悠人了。

我有些无辜地看着那中年妇女，奇迹并没有出现。我只好等待着第二个顾客。

过了大概五分钟，来了一个年轻小伙子，他也没问价格，就要三斤鸡蛋，让我直接装好就成。三斤十一块四毛。他递给我一张五十的，我正盘算该补他多少钱的时候，旁边卖大蒜的大妈抢过我手上的五十元钱看了又看，开始破口大骂，你个该死的死小子，人家这么小的孩子你也骗，你还是人不！

我不知道发生了什么事，年轻小伙子从大妈手中夺过钱就跑，顺便还将大妈的大蒜踢得满地都是。大妈一边捡大蒜，一边骂年轻小伙子没人性。我这才知道那张五十元的钞票是一张假币。

我不知道该如何感激大妈，只顾着帮她捡大蒜，她却慈爱地对我说：孩子，你小小年纪挣钱不容易，要小心坏人，学会保护自己……我只感觉内心好温暖。

经过这个波折，我的背篓边开始渐渐围上来几个人，他们都是真心来买鸡蛋的。没过多久，三十多斤鸡蛋就销售一空了。

我将钱放在最里层的裤兜里，然后背上背篓，蹦跳着回家去了。

第二天，继续。

这个暑假，还遇到很多不同的故事，但都有惊无险地躲过了。暑假结束的时候，父亲给我算了我在整个暑假赚的钱，八百三十二元一毛。除掉我打破的鸡蛋，还剩了八百元。父亲告诉我，这笔钱，我会给你存着，将来你读大学用。

以后的每年暑假，我都重复着这样的日子，只是背篓变成了担子。同时还变着花样干别的，卖水果、蔬菜、冰糕，擦皮鞋，捡垃圾等。就这样，我挣够了大学前的所有学费和生活费。

上大学后，父亲不再让我挑担子卖鸡蛋，而是让我陪他一起去就成。父亲说，这些年里，由于我的学费和生活费都是自己挣来的，所以他已经攒够了我读大学的费用。我却没有任何感动，因为我恨他——我恨他剥夺了我童年所有的暑假、快乐和幸福；我还恨他没有按承诺将我挣的钱帮我存起来。我甚至不愿意和他一起去市场，因为我不想让自己成为他炫耀的对象——他无非是想告诉大家他一个卖鸡蛋的老头儿也能培养出一个大学生。

十年后的暑假，我大学毕业。一个外企到我们学校招聘，发出了二十多份邀请函，我也是其中一个，很是幸福。

我们没有任何工作经验，所以经历了初试和复试。初试是人事部负责，复试是总经理亲自面试。

有以前做生意的经历，所以见到总经理的时候我没有半分紧张。我们开始聊家常，聊我小时候做生意的经历，很自然地也提到了父亲的要求。聊了许久，总经理站起来和我礼节性地握手，然后告诉我，三天内将会通知我结果。

第二天就得到了通知，我通过了面试，而且是同去的二十多个人中唯一的一个。

那一刻，我才知道：父亲早在十年前就为我存下了一笔巨大的财富，也正是这笔财富让我顺利通过了面试。

那一刻，我泪流满面。

消失

今天周末，想睡会儿懒觉。但是早上天快亮的时候我做了一个梦，梦中依稀看到一个小男孩儿在朝着我笑，童真地笑。我就再也睡不着了。

起床后我决定去菜市场转转，买些菜回家自己做饭吃，和老婆享受一下居家日子的烟火气和幸福感。老婆时常埋怨：自打你开公司以后就再没逛过菜市场，连在家里吃饭的时间都少得可怜。我说这不是工作忙嘛！要不是我这么辛苦赚钱，说不定我们现在还窝在租的房子里受冻呢！老婆笑笑，不说话。

到了菜市场后我开始瞎逛，市场上的人熙熙攘攘的，突然觉得生活除了忙碌的业务外，也还有如此滋味。忽然一个

熟悉的影子映入眼帘，是个卖菜的小男孩儿，八九岁的样子。

我和小男孩儿聊了起来。

小男孩儿告诉我，他父亲是做菜生意的，他帮着卖菜，是为了挣学费。

我问他为啥不说菜是自己家的？如今人们都喜欢吃当地人种的菜，说菜是自己家的要好卖些呢。

我爹本就是做菜生意的，我说的是实话呢。

那你不担心菜卖不掉吗？

不担心啊，有人来问菜的话，我会告诉他们：我爹的菜摊就在附近；我卖菜是为了挣学费；等我开学了，你们就吃不到我卖的菜了，因为开学后我就要上学去了。

……

后来我在小男孩儿那里买了很多菜，一周也吃不完。

突然我的心隐隐作痛。我想起我当年才小男孩儿那个年龄的时候，父亲也是做生意的，卖鸡蛋。父亲让我把鸡蛋拿去卖，还得说是自己家土鸡下的蛋。我问父亲为什么要这么说，父亲阴着脸告诉我，为了多挣钱！不挣钱你读屁的书！我委屈，但是想到父亲阴着的脸就害怕。于是我对每个来问的人都说：这鸡蛋不是我家鸡下的，但是我必须把鸡蛋卖出去，不然我爹不让我读书。结果是有人摇头走了，也有人高价买了我的鸡蛋。

我突然想起今天早上睡梦中的那个影子，还有卖菜的小男孩儿，和我小时候的样子很像。真的！但是童年的我去哪儿了呢？消失了？

回家后，我把菜市场的事告诉给老婆听。

老婆一脸笑地说：咋了？想起你苦难的童年了？买了那孩子不少菜吧？

我说是的，但问题是不止这些。

问题？还有什么问题？老婆一脸茫然。

我顿了顿说：我想把那笔业务放弃了，然后把公司关了，干点儿别的。

公司，关了？老婆很认真地重复着这几个字。

是的，把公司关了，干点儿别的，做正当生意。

公司关了，我们喝西北风啊！公司关了，我们还得挤在这两室一厅的小房子里！公司关了，你儿子只能去读普通学校……跟你这么多年了，我过了几天好日子？眼看你这笔业务成交后我们可以过好日子了，现在却说要把业务放弃了，还要把公司关了，我不活了我……老婆一脸泪水一阵哭诉一通乱骂后冲进卧室，把门关得紧紧的。

我迷茫了。我原本是国企工人，下岗后开了个办证公司：毕业证、户口类、执照类、刻章发票类……我公司的口号是：没有做不到，只有想不到。最近联系上一笔大业务，这笔业务一旦成交，我就可以去城郊选一套四百多平方米的独栋别墅，再也不用挤在这市区的二室一厅的小居室了。

这时候脑海中闪出很多影子：那个已经消失在回忆中的童年的我，早上碰到的那个卖菜的小男孩儿，城郊新修的独栋别墅，还有老婆那挂满泪水的脸……

晚上我在客厅的沙发上躺了一夜，彻夜未眠。

整整一夜，我都在想究竟该怎么办？我到底该怎么办？

天快亮的时候，我好不容易睡着了，说是睡着了，实际上是做了两个梦：

梦境一：

雪地，落樱，苍茫。

我孤独地站在雪地里，呆呆的。眼前突然出现了很大一块屏障，屏障上面开始显现画面：开始是一个模糊的影子，影子渐渐清晰，清晰。我终于看清楚了那个影子是童年时候的我，童年的我站在老家最高的那个山坡上快乐地玩耍。突然，童年的我背后出现了一个人，那个人拿着一把刀，慢慢地逼近童年的我。那个拿刀的人竟然是现在的我！童年的我被逼到悬崖边上了，现在的我突然变成了个可怕的恶魔。变成恶魔的现在的我举着刀，就要向童年的我砍去的时候，童年的我突然消失了……

梦境二：

高墙，昏暗，冷清。

我拿着合同书去约定好的地方签字。打开房门，我就被一把手枪指着，两个穿警察制服的人拿走我手上的“合同书”，一双冰冷的手铐把我的双手紧紧地铐在一起。这笔业务竟然是警方设计的一个骗局。我被送上警车的那一刻，我清楚地看到童年的我在朝着我笑。冷笑中带着不屑。

从噩梦中惊醒后，我端坐在沙发上，冷汗直流。

此刻我心中已有了答案：我要放弃那笔业务。

这时候我又依稀看到那个小男孩儿，这次我看清楚了，那个小男孩儿竟然是消失了的童年时候的我！他正朝着我笑，天真无邪地笑。

雪糕

苏小童的夏天

半个月前，苏小童经历了残酷的中考。按照父亲的规划：如果考上高中，就继续读书；考不上，就子承父业，随他一起进城挑担子卖鸡蛋。

很不幸，苏小童连分数最低的三中也没考上。第二天，他就去城里找父亲。门没锁，父亲也不在家。苏小童放下行李，就向着麻将馆走去。麻将馆里烟雾弥漫，苏小童还是一眼就看到了黑着脸的父亲。父亲也看到他了，连忙向他招手：儿子，过来给老子抓两把，改改手气。他很不喜欢父亲打麻将，因为这事母亲和父亲多次吵架，最终母亲负气离家出走了。

以前放暑假，他来城里找过父亲，随父亲一起去市场，有时会接过父亲的担子挑着走一段。但这次不一样，父亲专门为他准备了一副小一些的担子，还分配给他一个小菜市场。

早上四点起床，四点二十准时出发，这样就算在路上稍微歇息，也能赶在六点半天亮之前到达目的地。这是肥皂厂外的小菜市场，从天亮开始热闹起来，一直延续到八点左右，这里的人买好了菜，收拾好就上班去了。小菜市场里就苏小童一个人卖鸡蛋，在讨价还价的喧嚣声中，苏小童很熟练地数鸡蛋、数钱、找零。市场上的人渐渐稀少，不忙了，苏小童就点三两小面加个酱肉包子当早饭，把肚子填饱了，再买上中午晚上要吃的菜，挑着担子往回走。

夏天的鸡蛋像阳光下的冰激凌一样脆弱，一不小心就会坏掉。刚开始变坏的鸡蛋，表面看不出来任何变化，却难逃父亲的眼睛。周末，父亲会让苏小童和自己去同一个市场，将这些刚坏掉的鸡蛋用单独的小篮子装上，让苏小童提去卖，而且告诉大家，这是自己家养的鸡下的蛋，卖鸡蛋是为了凑学费。

独自卖了好几天的鸡蛋，苏小童发现了父亲的秘密。但他没打算忤逆父亲，还是照着父亲的吩咐，去了几百米远的小巷道，摆上装有鸡蛋的篮子，守着卖。偶尔有个人过来问，苏小童就告诉他，鸡蛋是坏的，让对方不要买。问的人就一脸复杂的表情，走了。

过了不知道多久，下雨了。苏小童孤零零地站在雨中，父亲喊他收拾好篮子去躲雨，别把自己淋坏了，看病要花钱。

他假装听不到父亲的话，直愣愣地站在那里，默默流泪。

这件事在苏小童的内心深处划了一道很深的口子。以前对父亲只是不喜欢，此刻却变成了怨恨。母亲不高兴父亲打麻将，所以离家出走了。想到这里，苏小童的嘴角露出了一丝淡然的笑意——他开始筹划如何逃离，他用了足足一夜的时间来考虑自己如何才能周全地逃离父亲的魔掌。最后决定，用暑假时间挣钱凑够念高中的建设费，回到校园，绝不要子承父业！

第二天，苏小童照例挑着担子去肥皂厂外的小菜市卖鸡蛋，然后在市场安静下来的时候，找到便宜的农家菜，装进自己卖空的鸡蛋担子里，准备着下午用背篓背到大市场去卖晚市。这些菜卖相不好，但是价格便宜，加上是农家菜，所以还算抢手。

上午从市场回来，苏小童就从买回的菜里随便挑出一点儿做午饭。吃完饭，父亲午休了。苏小童向邻居大叔借了个陈旧但功能尚全的冰糕箱，背着冰糕箱就出去卖冰糕了。第一声叫卖是很难喊出口的，但是只要第一声喊出来了，后面再喊就不害羞了。

日子一晃就是八月底了。苏小童向父亲摊牌，说自己不想和他一起做生意，想回学校继续念书。父亲一脸的不屑，就你那点儿分数，还想念书？三中的分数线都没到。

苏小童默默不语，在那里数钱。很久他才将那一堆散钱数出来：四千六百二十八块三毛。

这是我这个暑假自己挣到的钱，我打听过了，没到分数线念三中要交两千的“建设费”，学费是六百八。剩下的钱，足够我一学期的生活费了。

看着小脸晒得如煤炭般的儿子，父亲润湿着眼睛沉默良久，不知道说啥好。他打算歇业两天，专门护送儿子回老家。

要知道，后天就是九月一号了。

猫·狗·老人

猫

有一天，老人发现家中有老鼠，就从大女儿家带回来一只猫。猫很称职，每天都把老鼠追得鸡鼠不宁、鸡飞鼠跳。老人很满意，每天有好吃的都分很多给猫吃。

猫很感动，猫也很聪明：它留下了一只一个月大的老鼠每天闹着玩，不停地追，却并不追到——不是追不到，而是不追到。猫知道没了老鼠，自己便失业了，失业之后老人就再也不会给自己好吃的了。

狗

老人觉得一个人住着不是太安全，便从二女儿家带回来一条狗，老人还给取了个名字：小宝。老人很喜欢小宝，觉得有了它，自己的生活都更有滋味了。

一开始，猫和狗相处得极融洽，差点儿还演绎一场“猫狗恋”。打破这种平静的，是一个秋日的午后。

那天的太阳晒在身上暖暖的，老人岁数大了，就坐在屋檐下看着猫和狗在那里晒太阳玩耍打闹。那只老鼠也来晒太阳——是的，老鼠是来晒太阳的，它知道院子里有只猫，它还知道那只猫是不会吃掉自己的。猫也认得这只老鼠就是自己放过的那只老鼠。猫眼神迷离地看着老鼠，没任何反应。倒是狗一下子扑向老鼠将它咬死，还吃掉了。

猫生气了，说狗是“狗拿耗子，多管闲事”。狗无语。

这一幕还被老人看得清清楚楚，老人一气之下就把猫丢了，只留下了狗——不咬耗子的猫拿来干什么？何况自己还有一条会咬耗子的狗！

老人

老人有两个女儿和一个儿子，儿子是最小的。两个女儿都嫁到城里去了，小儿子大学毕业后也在城里工作，并在城里有了自己的房子和新家。

老人很孤独，一年前老人的老伴就去了，没有老伴的老人更孤独了。老人的儿女都叫他去城里边住，老人却说：我习惯了待在农村。说的次数多了，老人的儿女也就习惯了老人不去城里，也不再叫他去城里了。

老人真的老了，老了的人就容易生病。瞧，老人又生病了，这次还被送到了城里的大医院治疗，不过没几天就出院了。出院的那天老人答应了儿子在城里住一夜再回家，老人急着要回家是放心不下小宝。

晚饭的时候，老人吃了一些奇怪的肉，就问儿子这是什么肉？还挺好吃的。儿子说：当然好吃了！小宝是纯粹在农家养的，不含任何激素、饲料……

老人呆住了，表情冷冷地凝固在空中。

老人再没有醒来。医生解释老人的这种死叫作“猝死”。

第二辑

灼灼朝华

距离高考
152天

我的布达拉宫

那年高三，高三的老师喜欢盯着两种人：一种是所有科目成绩都特别好的，他们是班里的希望，是整个学校的希望；还有一种是有那么一个科目成绩特别好，其他科都烂得一塌糊涂的，让老师爱恨交织，欢喜忧愁各半分。

而我是那种没有任何一科成绩特别好，也不至于烂到垫底的人。为了不影响他人，我把自己的桌子搬到教室的最角落，一个人一桌——这样一来老师就更不用管我了。所以，我有大把的时间来看小说、写日记，当然更多的时候，都在做梦——白日梦。

我成了整个高三年级最悠闲的人，不被老师注意，不和同学聊天，除了食堂打饭的时候讨好打饭阿姨奢求多给两片肉之外，几乎一整天不说句话。也不知道自己哪根筋不对，反正那天我突然就厌恶这样的日子了，突然就厌烦了。

我要离家出走，我要去西藏，我要去布达拉宫广场散步……

其实我根本不知道西藏在什么方向，没有地图，更没有发达的网络。只是在小说中看到一些对西藏的零碎描述，但就是这零碎的片段就足够吸引我这个苦逼的烦闷少年了。

我开始畅想和西藏有关的种种：拉萨、布达拉宫、藏羚羊、酥油茶……抱歉，我对西藏的概念就只有这些了，虽然很少，但是每一样对我来说都是新鲜和神奇的。

我把这些新鲜的词句一个个都悄悄写在日记本上，然后合上日记本，就去了教学楼楼顶的天台上。此刻是晚自习时间，老师充分信任我们高三学生，相信我们会合理安排好自己的时间，会充分珍惜每一分每一秒。但是在我看来，研究去西藏比研究讨厌的数学题和背单词要强太多了，等我从西藏回来，我一定是我们学校第一个踏足西藏的学生！

课间铃响了，我看到小林和松松上来了。上来透气的？我对他们说，我要离家出走，我要去西藏。

小林说，神经病。

松松直接走过来摸摸我的额头，然后扭头对小林说，没发烧。

你才有病呢！我骂道，我清醒得很！

看到我这模样，他们不再理会我，就回教室了。要是再闹下去，估计会打起来。

看腻了月光，我也回教室去继续我的西藏梦了。

第二天中午，我把这个想法跟语文老师说了。语文老师大学刚毕业就带我们高一，比我们大不了多少，应该和我们的想法差不多吧？

语文老师看了我一眼，不冷不热地说，你这次月考成绩还可以的啊，反正你每次都是班上二十名，这次也是。失恋了？

我蔑视地瞄了她一眼，无法沟通。随后，头也不回地离开了办公室。

路过一个 IC 电话亭，我就打电话给念大学的师姐。我告诉她，我要离家出走，我要去西藏，我要去拉萨，我要去看布达拉宫，帮我看看怎么坐车？她开始是一愣，然后是带着些许嘲讽的一长串笑。我预想到她会如此举动，但是我没想到她在笑完之后，很快就告诉了我答案。从县城怎么坐车去市里，市里怎么坐火车去成都，到了成都又怎么坐火车去拉萨云云，她没等我问，就告诉我，说她高三的时候也这样想过，然后就托人查了这个资料，所以这个资料绝对真实……

幸福来得太突然了！刚种下梦想，就生根发芽了，打电话一问师姐，就得到如此详细的路线图了，我反倒有些不知所措了。

我需要好好冷静一下，顺便想一下如何请假？班主任是个非常有经验的三十多岁的小老头，任何借口只要稍微有点儿破绽，就会被他戳穿……这都不是大问题，实在不行可以逃学，关键是光来回的车费就得一千多块，我所有的积蓄加起来才六百不到……

我的内心无比纠结：我马上就要去西藏了，我坐在高三教室里的一个突发奇想眼看就要实现了；但是，我又必须想一个合理而严谨并且能瞒过小老头的借口才能请到假；更严重的是，我还得编圆一个谎言，从父母那里骗几百块钱，才能达成这个愿望……我还得想想，去了西藏干些什么呢？去拉萨看藏羚羊，去布达拉宫脚下喝酥油茶……我高兴得小跑起来……

嘭！一声巨响……我已经身在拉萨了。

我端着相机，在布达拉宫对面的药王山观景台上拍照，布达拉宫外面是转经道，只看到一个个朝圣者虔诚地拨动转经筒祈祷，没有一个逆行者。随手乱拍了几张后，我也迎着温暖的阳光随着人群进了空旷的布达拉宫广场，只看到穿着藏服的阿妈安详而惬意地晒着太阳，一脸的幸福……

待我醒来，不知道是什么日子了。我使劲坐起来才发现自己原来身在宿舍，只听到小林的声音说，醒了，醒了。再一看，松松也来了。他们告诉我，那天我撞上了教室外面的大柱子，然后昏迷好几天了……

没一会儿，语文老师来了，小老头也来了，也不知道他们在嘀咕些啥话，反正我一句也没听明白。在他们的强烈要求下，我被小林和松松驾着去了校医院。医生问了大概情况，我就把我在布达拉宫看到的那一切告诉给医生，医生没等我说完，就说知道了，知道了。然后随便给我开了点儿药，告诉我说，高三，压力太大了，高考之后就好了……

滚犊子的高三，滚犊子的压力大，还我拉萨，还我布达拉宫！

我一边骂骂咧咧，一边就不自觉地回到了那个让我悠闲自得的高三教室，开始继续看小说，写日记了。

光头

半年前，我来到这个满是诱惑的城市。五个月后，我辞职了。我把所有积蓄拿去换了一台笔记本，以至于没钱交房租。朋友搬家后把他在小街上租的房子让给了我。

房子在小街边上，小街上满是门面，矮矮的，低低的。其中有三分之二是理发店，剩下的，是两家小饭馆，一家大排档，一个小超市，一个网吧和一个水果店。

我除了买馒头外，基本上不会出现在小街上。我忙着写字，虽然写的都不是我喜欢的，但是我需要靠它来换馒头。

那天领了一笔可观的稿费，要是全换成馒头，我肯定数不清楚有多少个。所以我决定给自己放假，出去晃晃。

我在小街上到处晃荡，突然想起辞职一个月了，还没理发。

小街上有很多理发店，但是大都关着门，门是玻璃门，透过玻璃门，可以清楚地看到里面坐着一个女人。我对关门的生意没兴趣，所以我选择了唯一开门做生意的那家。

理发的师傅是个女孩儿，看起来二十岁上下，给她打下手的有一个中年妇女和一个十七八岁的小男孩儿。从他们的谈话中，听出他们是一家人。中年妇女是她母亲，小男孩儿是她小弟。

坐在镜子面前，我完全没认出自己来，脑袋上顶着个麻雀窝，胡子长得像乱草堆，唯一值得庆幸的是，脸还算干净。

我闭上眼睛，让理发师摆弄我的头发，想想至少会比现在的情况好一些。过了二十分钟，女孩儿告诉我可以睁开眼睛看了。脑袋上的麻雀窝已经不在了，精神了不少。随即，我将关注点移到下巴，胡子，胡子！突然发现自己有些语言表达障碍。

别着急，胡子让小弟来给你刮，他刮胡子手艺不错。

女孩儿叫小弟的名字，声音有些大，但小弟明显没听着，女孩开始用吼代替喊，小弟朝这边看了一眼，女孩还做了个手势才让小弟明白啥意思。女孩儿告诉我，小弟听力很差，如果不是戴着助听器，就完全听不到。这时我也突然想起，刚才我闭目理发时，就曾被她母亲的吼声惊醒过，估计是在叫小弟。

小弟朝我微微一笑，很腼腆的样子。我也朝他笑笑。

他帮我把椅子放倒，让我躺在椅子上，方便把脖子仰着，也方便刮胡子。

我不敢睁开眼睛，害怕看到刀片划过我的皮肤。没一会儿，小弟就告诉我可以了，才发现自己只感觉到一阵清凉，连一丁点儿疼痛感都没有。我慢慢睁开双眼，还忍不住透过镜子看了一下自己的新形象，才发现镜子里面已经换了一个人，乱草堆没了，颓废没了，有了精神，还有些阳光。阳光是女孩儿形容的，说怎么看都应该是个阳光的小伙子，咋刚才看起来那么颓呢？我笑笑，没有回答。

付钱的时候，我告诉女孩儿，小弟刮胡子的技术真不错，下次还可以请他帮我刮吗？她说没问题。

回到家，我就将高价买来的刮胡刀扔了。小街上有那么好的刮胡技术，一次才需要一元钱，而且每次我自己刮，都会疼半天。

以后的每天，我都在家写小说，写一部长篇，关于一个有些听力障碍的男孩子自强自立的故事。每个周日的傍晚，我都会到那家理发店，让理发师把我的头发剪掉一点点，然后再让小弟给我刮胡子，每次刮完胡子，我都会用手机编辑一条短信：你的手艺真棒！然后交给小弟看，同时，对着他微微一笑。

这时候，小弟也朝着我微微一笑，笑得不算灿烂，但是可以感知到，这是从内心荡漾出来的微笑。

有几次，我去的时候，小弟不在，理发的女孩儿就和我闲聊一些关于小弟的情况，说自从认识我之后，小弟开始渐渐说话了，以前几乎是一言不发，现在他会主动找人说话，也不像以前那样发脾气了。

她还问我，每次给小弟看的短信是什么内容？

我说，就几个简单的字：你的手艺真棒。

她笑，有些甜甜的微笑。

我建议她让小弟接触更多的人，让他给更多的人刮胡子。他能干好这事，而且他会比别人干得更好！

她又笑，有些甜甜的微笑。

三个月后，我的长篇小说顺利完稿。我把书稿交给了出版社编辑看，第二天就签订了出版协议。

为了庆祝，我又去了理发店，剃了个光头。我想以这种方式来庆祝自己这几个月的成绩，反正头发也已经被剪得够短了，该剃光头了。

执刀者，是小弟。剃完头发，我用手机编辑了和以往不一样的信息：你刮头发的手艺比刮胡子更棒！

我爱北京天安门

苏晓敏在看书，英语。对她来说，或许这辈子都将再也用不上英语，但此刻她却在看英语书。

她也奇怪，自己一把年纪了还看啥英语，不就是读书的时候英语成绩好嘛，有屁用。她顺手将书丢在桌上，转身出了办公室。

二十六岁的苏晓敏是保险公司的财务内勤。公司这是个充满活力的单位，她的工作却是一潭死水。所以她常自嘲说自己一把年纪了。她每个月的工资，扣掉乱七八糟的费用后，还剩三千五，寄两千给母亲，余下的就是自己一个月的开支。

她对自己的工作还算满意，虽然辛苦，收入也并不高，但母亲一年的收入还不如她一个月多。和母亲相比，她就欣

中华人民共和国万岁
世界人民大团结万岁

慰地笑了笑。再说，每天中午还有两小时休息时间，可以看看英语书，或者写点文字挣点儿稿费。

在这个城市，一千五百元对于一个女人来说，只够最基本的需求，所以她从不乱花一分钱。

走出办公室，苏晓敏破天荒地到了外勤办公室，那是个吵闹的地方，她不习惯，所以很少去。

两个女人在商量去旅游，她们都是外勤经理，业务不错，收入自然也颇丰。一个说去西岭雪山避暑，另外一个女人却说，都秋天了，还避暑，还是去九寨沟看枫叶吧。九寨沟都去好多次了，就不能换个地方……

她们看到苏晓敏走过来，就和她打招呼，问她去哪儿好耍？苏晓敏笑笑，说自己很少旅游，不熟悉。倒是你们，最想去哪儿？北京！两个女人不约而同地喊了出来。只是时间不允许，要是……两个女人开始大谈一路北上然后去北京的种种，苏晓敏听了一会儿就悄然离开了。

苏晓敏回到办公室，打开电脑，搜索北京有哪些好玩的：天安门、故宫、长城、北大、清华园、香山、颐和园、天坛、十三陵……天安门一定得去，还有史铁生笔下的地坛也要去看看……从绵阳出发，一路北上，广元看武则天，西安看秦兵马俑，洛阳看牡丹……

苏晓敏此刻做了个伟大的决定，月底发了工资就请假去北京，一路北上，去看北京天安门。

月底，苏晓敏找了理由请了假，还准备了一大堆车上可以吃的东西，就踏上了去北京的火车。为了省钱，她买的硬座票，还定了返程票。因为她听说在北京住宿一夜要花好几百，这钱够她用大半个月了。她坐K1364次车，早上六点到北京，返程坐L25次回，晚上十点发车，十六小时已经足够她看好多地方了！

车是慢车，所以在车上除了睡觉，还可以好好欣赏风景。随着一路北上，气温也逐渐下降，她就翻出衣服套在身上。困了小睡会儿，闹了看会儿书，累了看看窗外，心情好了，还拿出纸和笔写下几个字，记录下外面的景色和心情。

三十小时的时间就这样被打发了。

苏晓敏是跳下火车的，她默默地念了句“北京，我来了”就跳下火车了。对她来说，眼前的一切都是崭新的。

苏晓敏飞快地奔出火车站，再飞奔到北京西站公交站台。等了十分钟，827路车来了，车走走停停，她庆幸自己没有打出租车，否则又浪费了。站了好久，到了市樨地西站，她跳下车，找到去天安门西站的地铁站，又等了十分钟，挤上地铁，到了天安门西站。

下地铁后，她踱步到天安门广场，此刻五星红旗已经在迎风飘扬了。她突然想起了小时候学过的歌：我爱北京天安门……想着，想着，她还唱了几句，又突然停下来。她害怕别人笑她神经病，但此刻她内心真的在想：我爱北京天安门！

苏晓敏站在国旗下面，静静地待了几分钟，她在想，回到绵阳后，她一定要告诉大家她到过北京，还在天安门前的国旗下静静地待了几分钟。想到这里，她脸上就露出了些许幸福的笑容。

苏晓敏开始后悔自己订了返程票，要是能亲眼看看升旗仪式该多好！但是要看升旗仪式就得多花好几百块，想到这里她的内心又平衡了许多。能亲眼看看天安门，已经很了不起了，她安慰自己道。

苏晓敏买了故宫门票，顺着午门进了故宫，一个人闲逛。她装着很熟练的样子散漫地徜徉在那条陌生的青石板路上，眼里却流露出无比的惊喜。

有些饿，她从背包里翻出个面包，啃了几口，再喝了几口矿泉水，权当午餐了。

苏晓敏从中路一直走到御花园，再向西看了故宫西路的储秀宫和养心殿。在养心殿前，她驻足停留了许久，这里曾住过从雍正到宣统（溥仪）八个皇帝。然后她顺着故宫东路，去看了珍宝馆。

等返回天安门广场时，苏晓敏掏出手机一看，已经是下午三点多了。再去其他景点已经没时间了，于是她又作了个伟大的决定，她要徒步从天安门广场走到北京西站！

只有差不多十公里路程，还有六个多小时火车才发车，所以时间还很充裕。

公交车，行人，红绿灯，高楼，一切的繁华都映在她眼里，她觉得自己幸福极了！

晚上九点半时，她已经坐在回绵阳的火车上了。此刻她突然想起，自己竟然没有在天安门前照一张相！再一想，自己没带相机，手机也没有摄像头，照一张相，估计还得花几十块，这样还省了。

或者，照没照相，也不那么重要了。火车启动时，苏晓敏对自己说。

哐当

哐当，哐当，哐当。

火车的声音。

苏晓敏挤在北京开往成都的特快车上，背着臃肿的书包，耳边不断响起母亲的唠叨：你也老大不小了，毕业两三年，钱没挣到就算了，男朋友都找不到……她最终妥协了，答应让母亲帮忙张罗。不到一周时间，母亲还真给物色了一个，催着她快回去看人、看家、看未来。

苏晓敏在车厢的过道上找了个空地儿，然后从书包里翻出一本厚书，往地上一扔，就坐了下来。她又从书包里翻出一本书，是一本小说，翻了翻，没啥感觉，就又放回书包，再从书包里翻出一包瓜子，一个人嗑了起来。

有人抽烟！苏晓敏突然感觉到一股难闻的味儿向自己这边袭来。她四处张望后发现了源头所在，是个面相有些凶煞的男人。苏晓敏很气，但又怯怯地不敢说，就站了起来，弯腰把刚才铺地的书捡起来，拍了几巴掌后丢到了书包里面，去了车厢间的接口处。

朱自明就在这接口处，他和苏晓敏差不多年龄，刚才还有意无意地向苏晓敏瞟了几眼。苏晓敏知道他在看自己，但没吭声，看就看呗，看看又不会怀孕。苏晓敏想。

朱自明看到苏晓敏来了自己的“领地”，表情漠然，没有被侵犯的意思，也没欢迎，只是将原本张得有些开的双腿，轻轻地收拢起来，算是尊重。这个细节被苏晓敏看得很清楚，她心里好笑，这男人还算懂点儿规矩，但没有露出半点儿表情到脸上，她也默默地站在那里，一动没动。

只有火车的声音：哐当，哐当，哐当。

突然，火车在铁轨上绊了个“小跟斗”，问题不大，只是把车厢里的人摇晃得很厉害。坐在凳子上的还好，苏晓敏和朱自明都是站着的，朱自明率先被摔倒在地板上，接着是苏晓敏也摔倒，而且倒在了朱自明身上。

苏晓敏立马翻过身来，随即还努力站了起来。朱自明也爬起来，拍拍身上的灰，像是做错事的孩子一般，脸涨得通红。苏晓敏看到此景，觉得又羞又想笑，就弱弱地说了声对不起。朱自明的脸更红了。他递给苏晓敏一张报纸，示意让她铺在地上坐下，省得再次发生这样的尴尬。苏晓敏没有拒绝。

朱自明在苏晓敏旁边，给自己也铺了一张报纸坐下。苏晓敏打开书包，拿出一本小说自个儿看起来，突然想起了啥，又从书包里翻出一本递给朱自明。朱自明从事的是销售职业，但业余也写些文字。他看小说的时候看得很投入，时不时会冒出几句对小说评价的话语。苏晓敏每每听到，就会和他聊上几句，关于小说，关于作者，或者关于小说中的人物。朱自明在这点上，表现得很强势，无论苏晓敏怎么努力辩论，最终总是以失败告终。苏晓敏就暗想，刚才那羞涩劲儿咋没了呢。

看书看得有些累了，他们干脆就把书捧在怀里，然后聊天。年龄接近，都爱看小说，有共同语言，话题自然不少。聊小说，谈创作，侃人生，说故事，天南地北的，扯到哪儿说哪儿。突然聊到坐这趟火车，苏晓敏撒谎说回家参加妹妹的婚礼。朱自明也说，原本要去云南出差的，结果听家里人给哥介绍了女朋友，过两天见面，就顺便回去看看未来的嫂子，再转云南。说完这事，他们又换了话题，开始聊网络文学……

哐当，哐当，哐当。天渐渐变黑，他们也聊得有些累了，苏晓敏就干脆将头倒在朱自明的肩上睡着了。朱自明感觉到了，但是没拒绝，甚至没别的反应，自己也渐渐入梦了。

天亮了，朱自明先醒，苏晓敏还靠着自己睡着，他动也不是，不动也不是。最后，他使劲咳嗽了几声才把苏晓敏惊醒。

苏晓敏醒来后，很是自然，洗漱完毕后，继续看小说，同时重新递了一本新小说给朱自明。

时间过得很快，在火车的哐当声中，很快就到终点站了。下车前，他们互相留了电话，然后就朝着自己的方向离开了。

在家休息了一天，苏晓敏的母亲就要带着她去看人。苏晓敏有些不愿意，又不好意思拒绝，就跟母亲去了。

到了目的地，苏晓敏才知道自己相亲的对象居然叫朱自强。她望着朱自明尴尬地笑了笑，他们俩都没有表现出过分的惊讶，就像普通朋友一样简单地打了个招呼，然后例行公事般，看看，聊聊。

朱自明的哥哥人不错，很憨厚，家庭环境也不错，苏晓敏就不知道说啥了。母亲其实早就看好了，只等着她点头。苏晓敏想了半天也没想出拒绝的理由，就红着脸默不作声，算是默认了。

就在此刻，朱自明突然说，看来以后我得改口叫你嫂子了。

苏晓敏耳边就响起了火车的声音：哐当，哐当，哐当。

TAXI

亲爱的，我想你了

突然看到老三的QQ签名换成了“亲爱的，我想你了！”这句话。我就又想起了苏晓敏，尽管至今我都还没有研究清楚是我在她的世界消失了，还是她在我的世界消失了。

顺便说下，我和老大、老二、老三（我是老四）毕业于同一所高中学校，又考进了同一所大学。很自然地，我们成了大学里最铁的哥们，好事坏事都一起干一起承担一起玩耍。

我和苏晓敏就像小说中的男女主角般，很俗气地认识了，就在老三的生日聚会上。那天老三过生日，“大嫂”带了两个女孩儿，其中一个是准备介绍给老二做女朋友的，另一个就是苏晓敏。我和她都是那天聚会中配角的配角。所以在他们热闹的时候，我们就端个杯子坐在旁边的小沙发上聊天耍，聊几句，抿一小口酒。酒精把我们的脸烧得绯红，我们一起聊童年，聊大学生活，聊无聊的事……最后，我们互相留了对方的手机号码。

有些糜烂的日子让我时常忘记一些东西，苏晓敏就成了糜烂日子的牺牲品——从那次聚会后，我就再没有主动联系过她。

直到有一天，我收到一条信息，搞笑的那种，落名是苏晓敏。我才想起在老三的生日聚会上我还认识了一个名叫苏晓敏的女孩儿，当时还存了她的手机号码。

于是我马上回了信息：美女，终于想起我了哇！给你打电话从来就没有通过，发短信也不回我。还以为你消失了呢！

她很快回复：切！我的电话从来都是通的，你根本就没有打过，我更没有收到过你的信息。

我没有解释，岔开话题，聊了些别的。

就这样，我和苏晓敏开始了手机短信聊天。

开始聊得很君子，很随和，很低调，很公式，不过是嘘寒问暖，或者说说自己最近都干了些啥。如此而已。

这样的日子过得很平静，我们从来不打电话，更不会约对方吃饭喝茶之类。发出信息后就把这事丢一边，收到回复就再回一条，没有收到也就不再理会。

有一天论坛值班，我要熬夜到十二点发完总结才能睡觉。等我发完总结，关了电脑就已经快一点了。忽然觉得闲得慌，就掏出手机给苏晓敏发了条信息，只有几个字：亲爱的，我想你了！没想到她马上回了一条：亲爱的，我也想你！要是换上以前的我收到这个回复肯定会激动不已，但是这次我就回了个“哦”字，就关机睡觉了。

我们继续聊手机信息，只是内容不再那么单纯，有点儿暧昧，有点儿俏皮，有点儿勾人，有点儿想法。每次发信息都免不了加上个“亲爱的”的昵称。

或者彼此孤单，或者彼此都想从对方身上得到一些温暖。收到这样的信息不气不恼，甚至感觉有点儿小小的幸福，渐渐地还习惯了收到这样的信息。但我们始终把距离控制在这样的恰到好处：和以前一样，我们仅仅只聊短信，不打电话，更不约会对方。所以我连她是否有男朋友也不清楚，因为她从来就没有提起，我也没有问过。

打破游戏规则的，还是苏晓敏。

那是暑假里的一天，也是我的论坛值班之夜。我发完总结，关了电脑准备睡觉时，突然接到苏晓敏的电话。我清楚地听到她在电话那端哭泣，还依稀听到她说她现在一个人走在大街上迷路了，不知道怎么回家。我让她告诉了大概位置，冲出门去拦了一辆出租车就进城去找她。

苏晓敏挎了一个大挎包，一个人站在马路中央，眼帘上挂满泪水。我问她发生了什么事？现在去哪儿？她告诉我说学校放假了，男朋友回了老家，不要她了。她也不知道现在还能去哪儿？她一边说一边哭，哭得很伤心。

我说，那我们先到我住的地方，先安顿下来，等明天再商量你去哪儿？

嗯。她点点头，擦了擦脸上的泪水，跟我上了出租车。

一路上，她说了很多，说她男朋友，说她和男朋友吵架，说她男朋友和她吵架后一个人回老家，不要她了。说着说着，她的眼泪就下来了。我一边给司机指路，一边附和安慰她。

到家了，她的故事也讲完了。我告诉她今天晚上就暂时在我家住下，等天亮了我们再想办法。

她默认。

我住在学校外面的一个小单间里，只有一张床。于是我提出我睡地上，让她睡床。她不让，说这么晚打扰我已经很不好意思了，就一起挤床上吧。

我没有反对。

就在我们准备关灯睡觉时，她接到了男朋友的电话。依稀可以听到对方在道歉。开始她的态度很坚决，说再不理他了，以后不要再骚扰她。男朋友一直道歉，然后她就问他现在人在哪儿？男朋友告诉她说现在在车站，根本没有回老家。

她就心软了。

后来，男朋友答应不回老家了，留在学校陪她，要她马上回家。她想也没想就答应了。

我就穿好衣服陪她出去拦了一辆出租车。把她送上出租车后，我把车费付了，转身就走人了。从风中恍惚听到两句话：一句是“对不起”，另一句是“谢谢”。

我没有回头。

再后来，我删掉了她的手机号码，也再没有收到过她发来的手机短信。

就这样，我们互相在对方的世界里消失了。

秋凉

还没感觉到太热，秋天就来了。母亲说过，立秋就代表秋天来了。

今天立秋，农历七月初七，传说今天是牛郎织女见面的日子，还有人说今天是中国的情人节。小英从起床傻笑到现在，终于要安静了——和男朋友去过情人节，还丢下话说今天晚上不回宿舍了，有老师检查，帮忙应付下。

她说，我知道了，老师如果问起，我就说你和男朋友过情人节去了。

小英嬉笑着跑了，知道她是故意说的气话，要是老师问起，她会帮自己应付的。

她是宿舍唯一没有男朋友的女孩儿。

关于这个问题，她曾在镜子面前看了又看，对着镜子中的自己和宿舍的其他几个女孩儿比了又比，没发现自己长相有啥难过的地方，相反，还略胜一筹。她也试着去参加派对，试着去参与各种活动，结果都一无所获。

她们宿舍住了四个人，其中两个和男朋友在校外常住，小英只有节假日才出去和男朋友小聚。小英一走，宿舍就又空空的，只剩她一个人了。

她打开电脑准备写点儿东西，这时微博弹出一篇推荐长文，里面有这样一句话：只有老公才在乎你是不是处女，其他男人都希望你不是第一次，这样还省得为自己找借口……看到这，她就关了电脑，再没心情写字。她又翻开本英语书，看到密密麻麻的字母，一个也看不进去，脑袋一片空白。

此刻，小华气呼呼地回来了。她本想调侃小华不过情人节回宿舍干啥，说出口来却成了：小华你咋了？小华说那该死的瓜男人，说他今天很忙要做实验，没时间陪我过节，结果刚才我还看到他和一个小女生手牵手走在一起！她不知道该说啥，就跟着小华一起愤怒。小华接着说，不就是个男人嘛，三条腿的蛤蟆不好找，两条腿的男人满街跑！我走上去，狠狠地扇了那男人一巴掌，就回来了。

小华说话的时候，脸上看不到半点儿忧伤。走，我们去迪吧玩，反正闲着也是闲着。小华拉起她的手就往门外走。

到了迪吧，极富节奏的动感音乐，疯狂的舞蹈，很刺激，很激情，很火辣。小华是这里的常客，她点了半打百威，还叫来一帅哥，准备介绍给她认识。

结果他们一见面就大笑起来。他和她同是学生会干部，他是学生会主席，她是学习部部长，经常一起开会。他球技不错，长得又帅气，传闻喜欢他的女孩儿得用火车拉，和他发生过关系的女孩也可以卡车装，而且都是主动送上门的。

原来你们早就认识了，看来我又自作多情了。小华自嘲了几句，说，你们聊，我跳舞去。

他们开始聊天，聊时政，聊文学，聊情感，聊生活，聊未来，从李煜是否算个好皇帝聊到奥运会中国可以拿多少块金牌，从蓝山咖啡和卡布奇诺谁更适合女孩子喝聊到将来都老了，坐公交车是否会有人让座。

等他们反应过来，已经是凌晨一点了，小华也早已不知去向。宿舍是没法回了，他们只好去找旅店，结果跑遍学校周围所有的旅店也只找到一间。就凑合吧，她红着脸说了一句。

进了房间，她再也支撑不住了。她平时几乎滴酒不沾，更不会玩到这么晚，困了，加上酒精的作用，她一下子就扑进了他怀里。

他很绅士地将她扶到床上，帮她把鞋子脱掉，还打来热水给她洗了脸。做完这一切，他准备离开的时候，她却紧紧地抓住他的手，迷糊地说，这么晚了，你就凑合待这里吧。

此刻的她显得柔柔的，像团棉花，脸红红的，羞涩如初春的桃花，让人心疼。

他就留了下来，和衣躺在她身边。

她不知道为什么会让他留下，她只感觉自己心里已经承认了他，她甚至怀疑自己是否爱上了他？

她觉得冷，就抱住他，紧紧地。二十多年来，她第一次主动抱一个人，还是个男人，跟自己几乎毫无关系的男人。他察觉出了什么，就配合地将她拥在怀里。

出于酒精的作用，和本能的反应，他开始吻她。这是她的初吻，在他极富情调的引导下，她感觉幸福极了。她没有任何反抗，还主动迎合，脑袋有些微微胀痛。她不知道自己究竟在干什么，她只觉得很幸福。她唯一清醒的是过了今晚，她肯定再无勇气。

体内的温度越来越高，她觉得闷，还觉得热，推开他，开始脱衣服，一件一件……渐渐地，一朵初出水面的芙蓉就微微绽放在他眼前了。他惊呆了，他从来没有看到过如此完美的身体，宛若一朵圣洁的莲花。

他轻吻她的脸，将嘴唇贴在她耳边，问，这是你的第一次吗？

她弱弱地羞涩地说，嗯。

他突然弹了起来，用被子将她裹住，再帮她把衣服穿上，然后在床边静坐了一夜。

那一夜，他保住了她最后的青春，尽管她在那时候已经决定将自己完全交给他。

第二天，她就向学生会递交了辞职报告，换了新的手机号码。

她给母亲打电话说自己换号了，还对母亲说，昨天立秋，秋凉了，注意加衣服，别感冒。

她提醒母亲加衣服，这是破天荒，头一回。

面
纯手工
老味道

空调·电扇

你很想安静地睡一觉，明天一早的飞机，然后是一周的会议，会折腾得要人命。脑袋却一刻也闲不住，耳边一直萦绕着她若有若无的念叨。

前几天酷暑难耐，你说热得过不下去了，卧室也安个空调吧？她执意不肯，说不是有电扇吗？空调吹多了对身体不好。按理说这事就算完了，但她没完，她继续在念叨：原本买空调也不是啥大事，但我们哪儿有那闲钱……她一念叨就没个完，你没忍住就回了句，然后吵了起来……再后来，你抱着被子去客厅睡了。

接到通知要去安岳开一周的会，单位帮你订了去程的机票，飞成都。回程票让自己订，凭票报销。你犹豫了半天，最终选择了从重庆飞北京。订票时她就在旁边，脸上布满疑云，最终却什么也没说，当然你也啥都没说。然后，你就抱着枕头去客厅睡觉了。

开完会，你就直奔重庆江北了。一个城市之所以让人牵挂，只因为那里有让你牵挂的人。你马不停蹄地赶往重庆江北，只因为你想早点见到谢婆婆。

算起来，你已经十多年没见她了，十多年前的记忆却依然清晰。

那年，你高中毕业到重庆体验生活，在江北找了个小街安身，然后找了个批发市场把身上所有的钱都换成了水果。第二天，在小街上摆了个小水果摊，小街上原来有个水果摊，价格死贵，而你的价格却很亲民，所以大家都买你的。那个摊主急了，跑来找你麻烦，要掀你摊子。很多人围过来看热闹，却没一个人帮忙。卖面的婆婆看到了，急急地站在你的摊子面前，冲那个摊主大吼，想要掀摊子先把她掀翻……就这样，你认识了谢婆婆。

她说你和她孙子一般大，你就亲切地叫她谢婆婆；她让你把水果摆在她的面摊旁边，这样可以省点儿清洁费，你照做了；每天早上，她从家里带早餐来的时候，会多带上一碗粥、一个鸡蛋、俩馒头，然后借故吃不完，就分给你，你也不拒绝，狼吞虎咽地吃下去；她卖面忙的时候，你就帮她卖面，你跑去看热闹的时候，她也帮你卖水果；最热的时候，谢婆婆就让电扇对着你吹，自己摇着大蒲扇，满脸慈爱地看着你……都说你们是婆孙俩，每听到这话，谢婆婆就一脸幸福，你也一脸幸福——自己奶奶在世时也这样疼自己。

暑假结束，你去读大学了，毕业后去了北京，工作，结婚……过年过节你会给谢婆婆打电话，电话中她总说自己很好，你就安心了。却不敢提去看她的事，因为你不知道啥时候才有机会再去重庆。

到了江北，买了谢婆婆最喜欢吃的水果，你直奔谢婆婆的新址……

谢婆婆不如十多年前那么精神了，但她看到你，脸上就洋溢出从内心散出来的温暖和幸福。她踮着脚尖才摸到你的头，语无伦次地说，我的乖孙子长这么高了……

许久才平静下来，她缓缓地给你倒了一杯水，然后递给你一把蒲扇，说：孩子，凑合着使吧，屋里有空调，但是我岁数大了，不敢吹。以前你谢爷爷在，知道我最怕热，而且不能吹空调，专门给我买了老年人用的电扇。后来你谢爷爷走了，孩子们把我接到这里，老年电扇坏了，我就只能扇蒲扇了……他们有他们的家庭和生活，我哪儿能再给他们添麻烦……老伴，老伴，就是老了还能作伴……说着，说着，谢婆婆就满眼婆娑了。

你原计划今天见过谢婆婆之后，就飞北京，但你临时改了主意，把机票改签到第二天。你想着去市场上给谢婆婆买个老年人用的电扇，看到谢婆婆摇蒲扇摇得那么辛苦，你心疼。

第二天，你就去市场上找到了谢婆婆说的那个老年人专用的电扇，和你家卧室的电扇还是一个牌子的。买上电扇，你就马不停蹄地给谢婆婆送去，想让她老人家能早点丢掉蒲扇，把双手解脱出来。接通电源，徐徐的风就顺着吹过来，荡漾在谢婆婆满是皱纹的脸上。

见到此景，你终于能安心回北京了。

你拖着笨重的行李和疲倦的身体回到家，热得不行。你顺手拿起客厅茶几上的遥控板把空调打开，一阵沁凉的冷风吹来。你打了个寒战，凉得惊心。

你关了空调，走进卧室，打开电扇，没一会儿，你就躺在床上睡着了，睡得好舒心。

遥远处
遥远处一缕梦幻的色彩
轻轻地
轻轻地拂过我的心田
狠狠地
狠狠地掠走我青春的动感
从那一秒钟开始
我的内心不再是空白
从那一秒钟开始
我的内心只为你存在

樱桃

樱桃是樱花的女儿。

除了樱花，没人知道樱桃的爹是谁。

那年，樱花是大着肚子来到宋坪村的，肚里怀的，就是樱桃。

宋坪村棍棍多，而且在乡镇上甚至县城里都有名的。棍棍专指满了三十岁还单身的男人。在那年月，三十岁还单身的，基本上就只有一辈子当棍棍了。

宋坪村的棍棍都有个特点，就是家穷，穷到啥程度？除了煮饭的两口锅和装米的柜子，再找不出另外可以算得上大件的家什来。要不是因为穷，宋坪村早成幸福村了。

棍棍有棍棍的好，一人吃饱，全家不饿，多好。只是夜难熬，夏日虫鸣，冬夜绵长，翻来覆去，硬板木床。夜难熬呵。

樱花的出现，像是块石头丢进湖里一般，沸腾了整个宋坪村。

樱花最终跟了柱子，柱子是棍棍中最不起眼的一个。但柱子能接受她的条件——将肚子里的孩子生下来，不再要小孩儿，还要把孩子当亲生的养。

三个月后，樱花就生了个女儿，取名樱桃。樱桃出生后，樱花的脸上偶尔浮着一丝幸福，偶尔泛着一缕红霞，乍一看，还真是幸福的一家。

棍棍们有些吃醋，看到柱子就说，柱子你赚大了，三个月就当爹，多便宜多美的事儿呵！柱子不气也不恼，笑呵呵地说，是，是。说完就低头走了。

流言止于樱桃三岁那年。

樱桃三岁了，调皮得像个男孩子，柱子也总是护着她，有啥要求，也尽量满足她。樱桃那天看到屋背后的悬崖上有漂亮的刺铃花，就哭着闹着要。柱子就爬悬崖去摘花，花是摘着了，只是随着人一起，从半崖上摔下来。白色的刺铃花被染得鲜红鲜红的。

从那天起，大家再提起柱子，都摇摇头，说可惜了。

除了容身的住所，柱子还留给樱花母女三棵樱桃树。这树是樱花来的那年种下的，今年已经依稀挂果。来年，就该挂满枝头了，樱花心想着。

来年春天，樱桃树灿烂了整整一周时间，雪白雪白的樱花，在阳光下闪耀。再过些时间，树上就飞满了青青的樱桃粒子，初夏的阳光晒着晒着，樱桃就红了。

为了让樱桃能红，樱花可下了不少工夫对付那帮小屁孩儿，诸如修栅栏，诸如骗他们偷吃了樱桃，肚子里就会长出一棵樱桃树，等等。反正小屁孩儿们都被吓得看都不敢多看一眼。

樱桃长大了，挂在树枝上，太阳一晒就红了。开始是淡红，然后是粉红，绯红，透红。这样的过程，往往只需要几个下午的时间。樱花舍不得摘，这是柱子留给自己的念想，她想让樱桃在树上多挂些天，让柱子的念想多留几天。熟透的樱桃就在风中摇曳，风干。

柱子走后不久，村里的棍棍们也没闲着，他们一个个开始活动，只是谁也没打开樱花的心房。棍棍们有的帮樱花挑水，有的帮樱花锄地，樱花一个也不拒绝，但是除此之外，啥也不答应。

渐渐地，棍棍们竟然习惯了围着樱花转，也没啥进一步的想法，就想帮着樱花干点儿活，心里愉快。

樱桃就这样无忧无虑地长到十八岁，十八岁的樱桃已经出落得水灵灵、娇滴滴的。樱桃因两分之差没考上大学，就去北京打工了。

村里的其他孩子打工都去广州，樱桃是唯一一个上过高中的，所以她选择了北京。她说北京可以寻梦，樱花问她寻梦是啥意思，她说，就是找到自己想要的东西。

到了北京，樱桃从火锅店服务员干到复印店当打字员。有一天帮一个作家敲字，她自作主张把小说中的一段情节给改了，那作家非但没冒火，还夸她改得好。

作家问樱桃是否愿意当他助理。

都干啥工作?

就帮我打字，改稿子。

就这么简单?

就这么简单，我还给你比现在高一倍的工资。

明天才愚人节呢，你不是骗我的吧?

不骗你，你明天就开始上班。

第二天，樱桃就正式给作家当助理了。

作家的家布置得很漂亮，客厅挂着一幅裱好的诗歌。樱桃一看，是首情诗，写得还真不错。

樱桃看着这诗，突然想起今天是愚人节，就给樱花打电话。

樱桃说，妈，你知道吗，我交了男朋友，是个诗人。

樱花就说，啥男人都可以做你男朋友，就诗人不行。

樱桃说，男朋友对自己很好，还给自己写了情诗呢。

樱花说，啥都别说了，要饭的都成，就不能是诗人!

樱桃急了，说，娘，他真的对我很好！不信的话，我把他写给我的情诗念给你听。

樱桃就念挂在墙上裱好的那首诗：

遥远处

遥远处一缕梦幻的色彩

轻轻地

轻轻地抚过我的心田

狠狠地

狠狠地掠走我青春的动感

从那一秒钟开始

我的内心不再是空白

从那一秒钟开始

我的内心只为你存在

电话啪地从樱花手中滑落。十八年前，就因为这诗，才有了樱桃。

PK

风、云和他是老乡。

从同一个县城，考进同一所大学。很自然地，单身的他们成了最好的兄弟。在大学里，只要没有女人掺和，这种关系可以持续到永远，只不过女人总会出现，只是时间早晚。

大一下学期，他们一起搬出寝室，租了个三室一厅的套间，一起搬来的还有三台电脑。以前总是想，哪天住一起，肯定天天在一起喝酒看球赛，如今才发现，三台电脑联机打游戏的趣味远远超过了喝酒看球赛，还更经济实惠。

他们玩传奇，没日没夜地练级，打装备，“PK”，忙得不亦乐乎。练级，打装备都是为了 PK。现实中，披着人皮就得干人事，拘束！但在虚拟世界里，谁也不认识谁，心情不

好就乱骂，甚至直接对战。最刺激的就是将别人打败，还抢了他们的道具——人性最根本的侵略心理在此发挥得淋漓尽致。PK 时，三人的力量显然强过一个人，而且他们配合非常默契。

专业不同，课程不同。为了游戏，就逃课。逃课最直接的后果是挂科，还得缴费重修。重修是噩梦，但他们谁都没有因为怕挂科就不逃课游戏，因为他们是好兄弟，不愿意自己的兄弟受到欺负，现实中如此，游戏中也如此。

期末考试，风和云都挂了不少科。他没挂科，是因为一个女孩儿，考试之前，她将自己理的重点资料交给他恶补了几天，让他顺利通过考试了。她顺理成章地成了他女朋友。

女孩儿的出现，打破了三个单身男人的快乐生活。尽管她时常做些好吃的慰劳大家，还帮他们收拾房间，但他总觉得怪怪的，风和云也觉得怪怪的。最后他选择了搬出去住。

女孩儿对他说，从现在开始，你要将心思放在我身上，陪我上课，陪我上晚自习，别打游戏了。女孩儿说这话的时候，轻轻将头往他怀里一埋，已到嘴边的反驳的话就被咽了回去。

风和云继续游戏人生，缴重修费的那天下午，他们在游戏中连续打败了数百人，心里的不快一扫而光，就放弃了拿到成绩时想放弃玩游戏的打算。风和云还给他打电话，叫他一起玩游戏，他就找理由来搪塞。被拒绝的次数多了，他们就不再叫他了。

他其实很想去打游戏，无奈每次接电话，女孩儿都在身边，用温柔得可以将他整个人融化掉的目光盯着他，他就只好找理由搪塞了。

终于有一天，他再也受不了这种完全丧失自我的生活。他逃了，将所有东西留给了女孩儿，除了电脑。

他没有回三室一厅，甚至都没告诉风和云他又重新回到了单身生活。

他重新找了个单间住下，装上宽带，安装上游戏。他要去看看久违了的游戏。

他没有再上以前的那个号，他想完全重新开始，一切归零，重新踏上新的征途。

他还想快速练到很高的级别，然后疯狂对战，最好是将游戏中的人一个个全都 PK 掉，挂掉他们，来庆祝自己失恋，也庆祝自己重新恢复自由身。

他找了个传奇私服，私服可以让他很快达到很高的级别，并拥有高级道具。

一天后，他练的道士冲到了全区第一名。紧随他后面，跟了两个战士。

他成立了一个名叫傲视群雄的帮派，他当老大，也是唯一的帮众。比他级别略低的战士在另外一个名为雄霸天下的帮派，帮众很多，但除了两个战士外，其他的级别普遍不高。

为了争夺霸主地位，他们两帮必须进行一次决斗，胜者将拥有对这个区的统治地位。他买好药水，单枪匹马出发。雄霸天下帮派的也不甘示弱，在两个战士的带领下，齐齐向决斗地赶去。

他设置好药水，调出助手，开始和一大群人 PK，雄霸天下帮的人除了那两个战士外，其他人都技术平平，加上等级不高，血量不多，很快就丧生在他幽冥火咒的屠刀下。决斗场上只剩下他和那两个战士了。

他一边给助手加血，一边用幽冥火咒打其中的一个战士。那两个战士也不是吃素的，一个人奋力用绝技攻杀砍他助手，另一个人就用怒斩狠狠地砍得他血量骤减。再这样耗下去也不是办法，迟早会将药消耗光，然后输掉这次决斗的。

于是他集中精力，使出绝招天女散花，无数把利剑从空中散落下来，打在那两个战士的身上，打得他们血量直直往下掉。这一招消耗掉了他大部分药水，也消耗了那两个战士几乎所有的药水。紧接着，他补上一个幽冥火咒，狠狠地砸向其中一个战士，这个战士挂了。他再用最后的药使出了一记天女散花，干掉了另外一个战士。

他赢了，成了这个区的统治者。坐在电脑面前的他露出了久违的笑容。

两个战士向他下战书，一天后，老地方，再 PK。胜利者将成为新的统治者，他想也没想就答应下来。

他买了酒和凉菜去到三室一厅，想告诉他们自己失恋了，还想告诉他们他刚刚经历了一场精彩绝伦的PK，而且他赢了。

到了那里一看，风和云正在玩游戏，而且他们正是刚刚被自己打败的那两个战士。

他告诉他们自己失恋了，还告诉他们自己想搬回来住，却对刚才游戏的事只字未提。他想，以后又可以和他们在一起喝酒看球赛了，甚至还可以和他们一起玩传奇。

他当天就搬回来了。他们找了新的传奇私服，风和云忘了自己还约定了PK，他则当这事完全没发生过。

秋殇

那是一排紧挨着的小房子，房子与房子之间的距离是一堵不厚的墙和一扇不宽的玻璃门。阳光碎碎地乱洒着，透过厚厚的玻璃窗，可以看到一个女人。我看不清楚女人的脸，只依稀看到她朝着我笑，微微地笑。

我拖着笨重的行李，在那附近找了间廉价的小单间，在这个陌生的城市，找到了第一个属于自己的坐标。草草地收拾了几下，我就从房间出来了。在小街上徘徊了两圈后，我发现馒头最实惠，然后很大方地买回六个馒头，预备为一天的伙食。

我找了个上网的地儿，打开 QQ 给朋友们报了平安，然后开始查询招聘信息，再不断地发送自己的求职简历，再然后，退出网络。

初秋的阳光夹杂着小街特有的味儿，时不时地刺激着我的嗅觉，我很兴奋，这是这个城市带给我的第一股异样的味儿，应该铭刻在心。

我想起了刚才那个对我微笑的女人，不知不觉中，我居然走到了那排小房子旁，这才发现原来这是一排理发店。没错，是一排理发店，一家接一家，全是理发店，而且店与店之间，就只隔着一堵不厚的墙和一扇不宽的玻璃门。透过玻璃门，可以依稀看到里面坐着的一个女人，都在朝着我微笑，诡异地笑。

我逃离了那排小房子，因为女人脸上浮着的诡异的笑，让我觉得有些害怕。我不知道这是这个城市特有的风景，还是其他。

以后的每天，我都会到街上买六个馒头，并上半个小时的网，给朋友们报个平安，说我在这边一切安好；然后找到一大堆招聘信息，发求职简历；更重要的是，看看有没有单位给我回复邮件让我面试之类的。网络是我和外界的唯一联系方式。

半个月后，终于收到一个企业的面试通知，他们要做一本企业内刊，看了我的条件，觉得挺适合的，让我第二天上午十点去参加面试。

收到这信息后，我立马回到自己的小屋，开始准备起来：

翻出箱子最底层的衣服，还问房东借了镜子，侍弄半天，突然想起头发还得处理掉，我就去了那排满是理发店的小房子。

我选择了最远的一家，一是因为再走就没了，二是我看到里面坐着的那个女人，或者说女孩儿，年龄和我差不多大。我想，同龄人应该有同样的审美观，给我弄个不错的发型，竞聘成功的概率也会大得多。

我推开门进去，她眼睛里充满了期待的神情，期待中还有少许漠然，然后她迅速拉上门帘。

我要理发。我说。

你要洗大头还是洗小头？她问我。

我要理发。我重申道。

你是新来的吧？

嗯。新来的怎么了？

噢，那就对了。

新来的就不能理发吗？

可以，可以理发，我先给你洗头吧，干洗，满意再给钱。

我没反对，明天就要去面试了，说不定就找到不错的工作了，就奖励自己一次干洗吧。

她在我头上抹了几滴洗发液，开始慢慢地揉捏起来，感觉很舒服。

我们就聊了起来，她告诉我说，她初中毕业就没再读书，跟着同村人从遥远的家乡来到这个陌生的城市，开始啥都不会，后来就干这行了。说到这，她顿了顿。

干这行不错啊，你的手艺也挺不错的。

她苦涩地笑了笑，你觉得这行不错，可你知道我们是干什么的吗？

你不是开理发店的吗？都自己当老板了，你还不满足啊？我比你还惨，我是半个月前到这个城市的，直到今天才有个单位让我明天上午去参加面试，结果如何还不知道呢！我现在每天就吃六个馒头过日子，要再找不到工作，我连馒头都吃不上了……我看不到她的表情，只顾着自己诉苦。

她轻轻地叹了口气，说，我也不怕你笑话，我们这个明着是开的理发店，其实是做那生意的。说到这儿，她开始脱自己的衣服，我这才发现她就只穿了件薄薄的纱衣，然后，她开始解开裙子……

我惊呆了！从来没有看过女孩儿胴体的我此刻惊呆了，眼睛死死地盯着她，眼里燃烧着烈火。她走过来，熟练地用毛巾将我的头发裹起来，然后用手轻轻一碰，就脱掉了我上衣的扣子，另一只手则将我的皮带解开了。

我惊慌失措，不知道手该往哪里放，一步步退让。她却喃喃地说：五十，我只收你五十！五十还不成吗？

她顺势把我放倒在沙发上的时候，我突然跳了起来，重新穿好衣裤后，冲了出去，头也没回，离开了那排房子。

第二天，我顺利通过了面试，单位还提供住宿，我就将“家”

搬到了单位去，这事也就渐渐淡忘了。

我再次路过那排小房子的时候，已是六个月后了。单位安排了个采访任务，凑巧的是采访对象就是我曾住过半个月的那个小街上的一个商户。完成了采访任务，我情不自禁地朝那排小房子走去，走到那排小房子的尽头，才发现最后一家玻璃窗里面空空的，没了人影。

就在此刻，一阵风吹来，夹杂着小街特有的味儿，感觉暖暖的。突然想起，此时已是春天了。

第三辑

灿烂千阳

SPECIMEN
40000

邮票·盒子·镀金戒指

邮票是老王从捡来的破钱夹中翻到的，老王满以为可以从中找出些人民币什么的，结果只找出一张邮票。上面清楚地印着“中华民国邮票”几个字。老王不识字，却还是像模像样地捧着邮票在光亮的地方端详着。恰好街道办事处主任路过此地，看到老王手中的邮票便以五元钱的价格买走了邮票。老王高兴了半天，捡一个易拉罐才卖一毛八呢！

街道办事处主任也高兴极了，他不是一个喜欢集邮的人，问题出在他儿子身上。他儿子在区中学读书，因为个子比较高而被安排在了教室后面的位置。当过学生的人都知道坐在教室后面肯定会影响听课的效果，所以办事处主任就想让儿子的班主任给调换一下位置。儿子班主任的老公是区教育局副局长，虽说是副局长，但也算个了不起的角色，办事处主任多次送红包、水果都被退了回来，结果他的宝贝儿子不知道从哪儿打听到自己的班主任喜欢邮票，是个十足的邮迷，所以办事处主任看到这张邮票的时候就想到了这事。他没耽搁，拿着邮票去精品店用一个漂亮的玻璃盒子包装好之后就给班主任送了去，果然一张小小的邮票比红包水果都有效，班主任笑眯眯地收下了。班主任想：这样的邮票我听都没听说过呢，更别说见了！肯定是好东西，但是粗心的她将装着邮票的玻璃盒子放在了客厅的茶几上。

班主任所在的学校是全市最好的学校，因为就处在市中心文化区，每年高考，市里的领导都会非常关心，市长、副市长都会亲自来开高考动员会。这次也不例外，市长、副市长、市教育局局长等一大堆领导来开高考动员会。会议如期举行，只是开完会后没有像往常一样去四星级宾馆吃饭，因为这段时间市里正提倡廉洁，反对奢侈浪费。市长决定在副局长家吃饭，因为副局长家离开会的地方最近。

副局长高兴极了，虽然同在市中区，但是平时连见市长的机会都没有，更别说一起吃饭了，这次是一个很好的机会。

市长坐在副局长家的客厅里，无意间发现了放在茶几上的那张邮票。市长很是惊奇，自己也算是一个有资历的邮迷，却从来没有见过这样的邮票，只是依稀记得几年前一个邮票专家说过这种邮票，而且在那个时候就已经价值不菲了。市长看了一会儿，便将邮票放回在了茶几上。

吃饭的时候，市长不断地夸奖副局长办事效率高，如何得力又如何年轻有为。邮票的事却半句也没提起。临走的时候，市长悄悄对副局长说：你家茶几上的那张邮票是好东西，好好保管。说完便和其他领导一起回市政府了。

副局长问了老婆班主任才知道原来市长也是一个邮迷，而且十分专业。副局长毕竟也在官场上混了一些日子，所以对市长的话能理解出更深刻的意味来，便和老婆商量割爱将邮票送给市长。班主任虽然有些不愿意，但为了自己老公以后的发展前途就忍了。

副局长觉得这玻璃盒子实在不配这张邮票，便去珠宝店定做了一个十分漂亮的盒子，最上面一层是水晶的，将邮票放进去可以很清晰地看到漂亮的花纹，然后把装好邮票的漂亮盒子送给了市长。市长会心地笑着收下了盒子，只丢下一句：你的礼物我不会白拿的。

市长宝贝似的把邮票摆设在了屋里最显眼的橱窗里，那里面放满了一些珍稀珠宝，但是在这张邮票面前，所有的珠宝都逊色很多。市长常常拿这东西在同行面前炫耀，赢得了许多羡慕却又妒忌的目光。有专家说这张邮票只发行过一套两张，可以说是无价之宝。

市长和秘书的关系被市长夫人知道了，市长夫人回到家后一哭二闹，市长知道夫人并没有抓到把柄，便和她顶着干。

市长夫人气极了，见哭闹都不管用就使出撒手锏——扔东西——她抓起装邮票的漂亮盒子就向窗外扔去……这时，老王恰巧经过这里。今天是老王和老王老婆的结婚纪念日，老王从商店买了一个廉价的镀金戒指，光戒指就花光了老王所有的钱，所以就没买盒子。老王看到有东西掉下来，就跑过去习惯性地捡起来。他看到一个闪着亮光的盒子，里面居然只装了一张废邮票——因为邮票是使用过的，就将邮票取出来丢了，然后把戒指放了进去。他觉得只有自己买的戒指才配这样漂亮的盒子。

那个漂亮的盒子被丢下去后，市长夫人吓呆了，市长更是疯狂地冲下楼去。冲到楼下的市长看到一个捡垃圾的老头儿将自己的邮票随手一掷，邮票便在风中飘舞成了一只秋天的黄蝶。市长开始孩子般地追那只黄蝶，眼看黄蝶落在了公路上，却有一辆汽车辗过，扬起一阵泥黄色的尘土……

老王并没有看到这一幕，他捧着装有戒指的水晶盒子幸福地往家跑。他相信他老婆看到这漂亮的盒子和漂亮的戒指一定会高兴得跳起来，说不定还会抱着他亲他两口。

天道酬勤

凉拌

那天上午我休息在家，姐夫提着只公鸡来我家，我忙迎上去说，姐夫你大老远来看我就不容易了，还带什么东西嘛。姐夫就说平日里地里活太多太忙就没来看你，今天周末想到你没上班，就把自家养的公鸡给你带一只来，没喂饲料的，比市场上买的好吃多了！

我接过公鸡，忙招呼姐夫快坐，顺便问道，姐姐和小刚还好吧？小刚中考成绩出来了吧，考得如何？

姐夫大喝了口饮料后回答说，姐姐好得很，就是有些忙。小刚也好，今天就是为了小刚中考的事来的。那死娃子考XX中学差了三分，要让交四千块钱赞助费才能上，我今儿就是为这事来的。兄弟你在城里当记者，认识的人多，小刚读书的事就靠你了啊！你姐一个人在家忙不过来，我就先回去了，你有消息就给我打电话吧。姐夫说完就起身走人了。

晚上媳妇回来，问我哪儿买的这么大的土公鸡，我就把事情的原委说给媳妇听。媳妇说这事不好办呢，你又不在 XX 中学教书，你姐夫咋能这样呢？我也正为这事发愁呢，人家礼都带来了，总不能不帮忙吧。你不是有个老同学在 XX 中学当什么招生办主任吗？你可以找他帮忙呢。

经过媳妇提醒，我想起来了，朱自明就在 XX 中学当招生办主任。想当年读书时，朱同学总是称自己是小朱，叫我李大哥叫得多亲热啊。

第二天是周末，一大早我就提着姐夫送我的那只大公鸡去了朱自明家。朱自明一看是我，就笑容满面地迎接道：是李大哥哈，你能来小朱家，我就已经很满足了，你还带什么礼物嘛！

这可是我姐姐姐夫家养的，没喂任何饲料的土公鸡哦！

谢谢！谢谢！朱自明脸上的笑自然而温和，他一边接过公鸡一边招呼我在客厅坐。

我把小刚考 XX 中学差三分的事告诉给朱自明，他脸上的笑容突然僵了半秒钟，又恢复了自然：这事可不是我一个人说了算呢，我只是招生办的副主任，我得和他们商量一下这事才好，你放心，李大哥的侄子就是我的侄子！

临走时，朱自明对我说让我准备个时间，和他们招生办的老师们一起吃顿饭，我请客他买单。我说这事咋能让你买单呢！

时间定在周六，地点在“海上船”，吃海鲜。

朱自明给我隆重介绍了他们招生办的主任，除他之外的两个副主任和两个科员。桌子上酒杯碰得叮当响，话也答应得直响亮。酒喝得差不多的时候，我去结账，一千六百八十五元，服务员说就收一千六百八吧，吉利！

第二天上午朱自明给我回话，说经过他们学校和招生办的研究决定，小刚只需要交三千块钱赞助费就可以读书，享受XX中学教师子女待遇！

我马上给姐夫打电话，告诉他我有个中学同学在XX中学招生办，如今人家已经答应我说小刚可以享受XX中学教师子女待遇，只交三千块钱赞助费就成。姐夫告诉我说先和我姐商量一下，毕竟三千元不是小数目。

下午姐夫就打电话来说商量的结果是不让小刚读了，一是因为三千太多，再说读这么多书也没用，说了一大堆读书无用论，最后才说到点子上：看能不能让我再想想办法，钱再少点？反正小刚能不能读书就看你这个当舅舅的了。

姐夫这话把我弄得哭笑不得。

我把这事告诉给媳妇，让她帮我出主意。媳妇想了半天说，还真服了你这个当舅舅的，现在也没别的办法，你再去看看你那当主任的同学，如果实在没法就自己垫些钱，让你姐夫自己出一千，你出两千。

想想也只有这么办，还是老婆有办法！我恭维道。

于是我又厚着脸皮去找朱自明。朱自明一见到我就马上诉苦说，他上次吃了海鲜过敏，在医院躺了足足一周时间，可害苦他了。

听到这话，我哪还敢提小刚的事，我忙说对不起。

朱自明说没事了，这不已经好了嘛，现在没事啦！朱自明笑得自然而温和。

寒暄了一阵，我准备闪人，结果刚走到门口我又返回去，递给朱自明两千元钱说：这是两千元，我先替我姐夫交上，剩余的一千我姐夫自己来交，这事你总能帮我弄好吧。

朱自明接过钱说：李大哥吩咐的事，我哪儿敢不照办呢！小弟一定帮你办好。

出了门我就给姐夫打电话说经过我再三的努力，XX 中学决定只收一千元的赞助费了，让他准备好，过几天就去报名。

姐夫在电话那头说道：不读了，我和你姐已经商量过了，不让小刚读书了。要真考上还差不多，考不上还交赞助费去读个破高中！我倒不是心疼那一千块钱，而是丢不起那个人！说完，啪地就把电话挂了。

晚上吃饭的时候，我把这事给媳妇说了，媳妇问我，帮小刚垫的那两千块钱咋办？

凉拌！

概不赊账

乞讨

乞丐篇

我在完好的腿上缠了一层又一层带血的纱布，然后直腿坐在带轮的滑板上，顺便在滑板的最前端放了我的“金饭碗”——一只破盆。

我是一个坚强的男人——为了吸引人们的注意，在寒冷的冬天，我敢赤裸着上身，然后将滑板滑到人群最密集的闹市乞讨。我也是一个镇定的男人——面对人们怜悯地将一块（五毛）的票子丢进那破盆时，我会极其平静地示谢，同时在心里骂他小气；遇到递上五十元一百元大钞的人时，我也会很平静地瞟一眼那钱是真是假，然后镇定自若地点头微笑，示谢。

如今乞讨行业业务萧条，那些善良而可爱的人们越来越警觉，严重影响了我的收入，从几年前一天可以挣两条“中华”烟到如今一天只能挣上两盒“中华”烟，加之城管没事也找麻烦收保护费之类，无奈之下只好使出新招：我把丁丁（我八岁的女儿）带上了。丁丁自立门户，我托人写了张乞讨书：亲爱的婆婆爷爷叔叔阿姨哥哥姐姐……写得见者伤心，闻者流泪。丁丁的出现让乞讨市场兴奋了一段时间，她的收入居然比我还高！没过几天，我又把点点（我一岁的小儿）派上场了：我让点点骑在我肩上，然后让人写了一张大字报——各位父老乡亲：我因挖煤把双腿砸伤，如今不能动弹，孩子娘……极致的煽情文字多少让路过的人们更相信我的腿是真的不能动了，再加上点点，让我的收入又增加了不少。忘了说，最近我又换了新地盘，去了名叫安县的小城。

那是一个冬日傍晚，“下班”后我习惯性地将滑板滑至每天固定光临的小店，很自然地站直身体，递给老板一张五元人民币要了瓶“脉动”（我有喝“脉动”的喜好，是冲“运动型饮料”的口号才买的。我双腿每天都死死地坐在滑板上运动太少，让运动型饮料给补充些能量）。刚喝上一口“脉动”就听见“啪”的两声：一声是我的腿突然响了——双腿竟然情不自禁地跪在了地上；另一声竟然是相机闪光灯的声音——我居然被那个该死的记者拍了下来，画面竟然是我跪着的情形！这一跪我就再也没能站起来了。

记者篇

我是《安县晚报》“市井新闻”记者，每天就穿梭于安县的五条大街上，看形形色色人们的生活，顺便写新闻记录下来，过着平凡而琐碎的日子。突然有一天，东街来了一老两小三个乞丐，老的是个大约四十岁的男人，腿上缠着一层又一层带血的纱布，直直地坐在有轮的滑板上，动弹不得。男人肩上骑着一个大约一岁的孩子，眼睛湿湿的，楚楚可怜的样子。滑板的最前端放着一只破盆，盆里是堆散钱：一毛两毛、一块两块，也有五块十块五十和一百的。还有一小乞丐，是一个大约八岁的小女孩儿，跪在一个书包上，前面放着一张乞讨书，眼里没多少亮光，透出些许无奈，有些哀怨，有些无助。

以前常看到有媒体报道如今骗子多，骗钱的方式更多，排在“最伤人十大骗术”之首的就是“装残乞讨”。出于记者的敏感，我开始关注这个乞讨男人。无奈每次傍晚准备跟踪他时都接到采访任务，让我很无奈。

终于在一个周末的下午，我关掉了一切通信工具，背起相机就去街上准备探个究竟。一开始，我远远地观察，用相机偷拍他的眼神：面对过往的行人，他的眼神里满是忧郁的感伤，目光呆滞；有人放钱时，他眼神里透出一丝欣喜，些许感激。若是五十或百元大钞，他则用眼睛轻瞟那钱是真是假——只是轻轻一瞟，却还是被我看出来了；路人茫然而过，或是轻蔑不屑的目光扔向他时，他则是表现出同样不屑甚至轻视的眼神，透着傲气。

终于熬到了傍晚时分，我远远观望着那个坐在滑板上的男人，等待着他的下一步行动。他开始慢慢地将滑板滑向街头，向一个小巷子滑去。我紧随其后，很庆幸没被他发现。路过一个商店时，他居然奇迹般站直了身体——原来他的腿根本就没任何伤！他向老板递了一张五元的人民币，然后接过一瓶“脉动”！就是他接过“脉动”的那一刹那，突然他“啪”的一声跪在地上，就在这时我刚好“啪”地按下快门。

店主篇

最近，每天傍晚会有一个双腿上缠着一层又一层带血的纱布，直直地坐在滑板上的男人经过我的店，他每天在我这消费一瓶“脉动”，所以我每天可以多卖掉一瓶“脉动”，还不错，每个月多出收入十八元。

市民篇

今天在街上没看到那个乞讨的男人了，大家都很关心他是不是遇到了什么困难或是腿伤更严重了？下午买了份《安县晚报》，“市井新闻”版整版报道了一篇纪实新闻《乞讨男人，你伤害的不只是我的心》，图文并茂，最后一张图片是他跪买“脉动”的画面。

租
招租

招
租

广告位

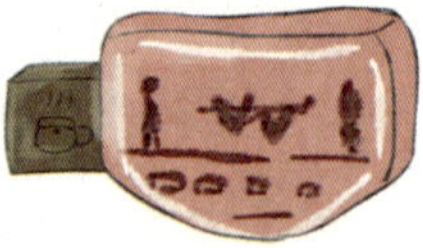

这是一个真假黑白非常分明的世界。真的有一块自己的广告牌，反之则是假的。任何一款新品，都需要事先找好一个广告位把信息贴上去，产品才可以上市。

除了墓地。

这是一个墓地超级紧缺的世界。N 年前人们为了住房，不断开荒拓地，开发了不少荒地甚至坟墓，为此打了不少官司，政府就出台政策，墓地将永远作为墓地，不允许开发为住房！N 年后的今天，人口开始负增长时，人们不再为住房发愁的时候又开始为自己的将来作打算：千古之后总不能直接扔河里喂鱼吧？

基于上述两个原因，世界上就多了两个非常走俏的职业：

广告位招租员和墓地销售员。

小K刚大学毕业，毕业后他很幸运地进了史密史广告位招租公司。原本才毕业的学生是没资格进广告位招租公司的，但是小K的父亲大K曾经为史密史广告位招租公司挣了几笔大业务，加上小K在大学所学的专业是市场经济贸易与管理，所以他被破格录取了。

虽然这是一份非常走俏的职业，但是公司的制度非常严格，特别是对新人。小K接到的第一个任务是开辟一个新的广告位，如果他能顺利地在一个月时间内找到一个新广告位，他就能顺利转正，以后专门负责广告位出租，否则就会被解聘。

这是一个狼多肉少的世界，不知有多少单位在等着租广告位，要找个空的广告位谈何容易？

小K开始后悔，大学时代为了两顿饭钱就把自己后背的广告位卖了三年时间，还有两年合同期才满。那时候，后背的广告位才开始流行，学校的学生集体把后背的广告位卖给了史密史公司，卖的钱两次聚餐就给吃完了。要是放如今，两个月饭钱都有多的。让小K更后悔的是，在他们集体卖掉后背的广告位之后，又连续把脸上和手臂的广告位全部卖了。小K不知道这笔业务的联系人竟然是他的父亲大K。

小K走在大街上，大街小巷但凡能挂个牌子能贴块布的地方都贴满了广告，五花八门的。再看看大街上走着的形形色色的行人，脸上、背上、手臂，空的地方都已经被广告给占了。

小K每天天不亮出门，凌晨才回家。他花了足足二十九天的时间，找遍了大街小巷、公车公厕、商场小店、房前屋后……能去的地方都去了，能找的地方都找了，就是没找到一个空的广告位。

小K开始绝望，想着放弃。

最后一天，小K睡得很晚才起床，这一个月的时间里，小K没有一天是自然醒来的。总是被闹钟无情地吵醒，然后惺忪着双眼开始奔波，结果却全是徒劳。

小K决定今天不再刻意去找新的广告位，大不了就被辞退。他要去逛商场，过一天正常人的生活。

小K从商场出来，提着大包小包的东西走在公路边上时，突然看到迎面驶来的汽车，汽车前面竟然空着一个广告位！小K丢掉手上的东西就向汽车飞奔而去，然后就失去了知觉。

小K被奔驰而来的汽车撞倒在马路边，当场死亡。

大K得知小K的死亡，哭得死去活来。大K拿着小K的巨额死亡赔偿给小K买了个公墓，把小K的骨灰盒放了进去。

墓碑上，老K找人刻字祭奠小儿，突然想起这是个绝好的广告位，于是让人刻上这么几个字：一居室，求合租，面议。

朱自明的职业生涯

朱自明是个医生，在那个不大不小的医院里负责手术。医院里时常会有新的生命诞生，也时常有生命凋零，他已经习惯了生死。

有一天，他上班路过天桥时看到一个穿着破烂的妇女带着一个约莫一岁的小孩儿在要钱，前面还放着一张乞讨书，大概内容是孩子父亲因无钱医病撒手归西，留下他们孤儿寡母，如今只能以乞讨为生云云。整个下午，朱自明的脑海中都浮现着那对母子的影子，挥也挥不去。朱自明还意识到一个问题：医生能救的是有钱的病人，而且人死不可怕，可怕的是死人断了活人的希望。

就在朱自明很难受的时候，他突然想起一句话：保险的

意义在于它可以给急需用钱的人一笔救命的钱。这是一个保险推销员告诉他的，推销员还给他讲了个故事，背景就是天桥上见到的母子，如果孩子父亲曾经买了保险将是什么结局？

朱自明辞职了。他去了保险公司当保险推销员。他要让人们都为自己的将来做打算。

尽管很多人都不理解朱自明为何会放弃这么好的工作去卖保险，但他做得很开心，很努力。用他的话说，他要用自己的成绩去面对质疑。

朱自明的努力逐渐出了成绩，不到三个月他就转正了，收入也比当医生时更可观，更值得一提的是一年后他还顺利晋升为业务主任。但这些都不是他在意的，他在意的是他帮客户争取到合理的理赔，他在意客户拿到理赔款时那种感激甚至感恩的情谊。

可是最近发生的事却让朱自明觉得很痛苦。

他刚开始卖保险的时候，一个客户在他手上为妻子买了五十万寿险，最近妻子意外死亡，保险公司很快进行了理赔。这个案例原本可以作为经典案例为以后的业务拓展做宣传，结果警方调查出他的客户是为了获得这五十万保险金而谋害了妻子！

就在朱自明还为这事烦恼时，法庭传他去为官司当证人，原来是两兄弟为了保险公司赔的父亲的身故给付金该怎么分配的问题在打官司。大哥说身故赔付应该算作遗产，兄弟平分；

弟弟却说父亲的保险费是自己交的，当初父亲在保单的身故受益人上写的是自己的名字。朱自明是办这份保险的业务员，也被牵连了进来。

处理好这两件事后，朱自明想都没想就递交了辞职报告。

老总留他，说他发展前途很好。他丢下一句“我卖保险又不只是为了自己的前途”，说完头也不回就走了。

辞职在家的朱自明萎靡了一段时间后开始写文章，他想起鲁迅的弃医从文，他决定也要用文字来帮助和唤醒那些迷失了自我的人。

他先是在网上开了个名叫“朱自明文轩”的网络写作工作室，开始每天看新闻写时评，同时根据曾经当医生、卖保险的经历和沉淀写成小说投稿。

事实总和想象有距离。这不，“朱自明文轩”开张已经三个月了，除了自己每天打开看看之外，几乎没有任何读者来踩个脚印。投稿出去的文章要么石沉大海，要么得到编辑回复：对不起，风格不符，不予采用。

后来他忍不住了，就带了叠稿子到本市发行量很大的《风尘恋恋》杂志社，编辑大概浏览了他两篇文章就告诉他如今是市场经济的新时代，你写的东西太实在，太过隐晦，读者更喜欢读些大胆的、八小时以外的、有细节描写的故事……

朱自明没有继续听下去，拿着稿子就径直回家了。

朱自明回到家就病了。症状表现为吃不下饭，干啥事都没精神。老婆带他去医院检查却什么也没检查出来，最后听了医生的建议带他去看心理医生。

心理医生听完朱自明的职业经历后就问他：如果你不小心丢掉一百块钱，你会去找吗？

当然会。

你只知道它好像丢在某个你走过的地方，你会花二百块钱的车费去把那一百块找回来吗？

朱自明回答，这是个超级愚蠢的问题啊。

心理医生笑笑：你一直在试图找一份可以让自己心理平衡的工作，所以你当过医生，卖过保险，还当过“职业写手”。

嗯，是这样的。

可是你这样做和你花二百块钱打车去拣回丢掉的一百块钱有区别吗？

朱自明突然有精神了，他告诉心理医生自己完全好了。

心理医生问他，接下来打算干什么？

我要和你一样，当心理医生！朱自明说。

我是猪

我是猪，出生在一个农家的小圈里。听母亲说，我出生的时候就很特别，所以认定我是一头特别的猪。

小时候常常听母亲说起家族的血腥史：嗯，以前我们的祖先可不是这样哦！以前他们快乐地生活在大森林中，愉快地奔跑着……终于有一天被一群人给围住了……再后来就被关了起来，失去了所有的自由……母亲讲得抑扬顿挫，说到伤心处，眼泪很自然地便流了下来。

听完母亲的故事，我开始向往自由了，这对于一头猪来说，简直是大逆不道！有损猪的名声！所以我只有默默地想，却不敢跟母亲说这事。

在母亲甘甜的乳汁下，我长大了，直到有一天被新主人

接走……那一刻，我就永远离开了我亲爱的母亲，还有那些共患难的兄弟姐妹们。我们都哭了。母亲说：这是命！这就是我们作为一头猪的命……说完，老泪横流、伤心欲绝、悲痛不已。

新主人对我很满意。因为在接我的时候就发现我是猪圈中最壮的一头，也是最会吃的。这一直以来都是评定一头猪是否优秀的标准。

一切并没有因为我到了一个新的地方而改变，我每天依旧睡觉，饿的时候自然有人会将食料送到我的食槽里。

当然了，我也有被骂的时候。我食量很大，为此被骂了好多次。因为喂我食料的并不是我主人，而是主人聘请的人。他总是骂我：吃！吃！就只知道吃！真是一头猪！（本来我就是猪嘛！我反驳道，他没有听见罢了。）更多的时候被骂是因为主人家的小孩不听话，主人便骂道：真是一头猪！尽管我很想反驳：可能连猪都不如呢！但看到主人马上又对自己的孩子关爱有加时，我又打消了那念头。

一天，一缕阳光透过窗户厚厚的玻璃照了进来，我好诧异！脑海中逐渐想起了被新主人接过来的那天，那时候有蓝蓝的天，白白的云，好漂亮哦！也想起了母亲的话语，“嗯，我们的祖先以前是自由的……”自己曾经也是那样地向往自由，突然间脑海中萌发了一个念头：我要自由，我要和我们的祖先一样，回到大自然，在森林中自由地奔跑。

要出去可不是一件容易的事情！由于受家族的影响，我一天天堕落，几乎丧失了所有的生存能力！但对自由的向往却像发芽的小草一样，正茁壮地成长着！

我开始反抗。母亲说过绝食是最好的方法，主人最怕的就是我们不吃不喝。但这也是最愚蠢的方法，猪注定是经不住饿的！在不吃不喝一天之后我就饿得快不行了，第一个实施计划失败。

吸取了上次的教训后，我明白了用绝食来反抗是不行的！况且，即使不吃不喝也只能饿死在猪圈，一样得不到自由。于是我开始了实质性的分析：要自由，现在最主要的就是先离开这鬼地方，否则永远都无法获得自由！我开始预谋第二个计划：翻墙出圈。

这可是个伟大的决策！相信没有哪头猪有我这么聪明了。我一直记得母亲对我说的话，我是一头特别的猪！

趁所有的人都不在的时候，我悄悄地爬上圈门，看了看高度如何，然后纵身一跃，过去了！兴奋了五秒钟后，我跑了出去。

外面的世界果然名不虚传啊，比母亲讲的童话世界还要好！我兴奋不已，到处都是野花、野草，还有蓝天白云……

胡乱地跑了一通——这可是平生第一次呢，我有些饿了，以前在圈里饿了就叫，自然有人把食料送来。这次我一阵狂叫，居然没有人理会我。靠，太过分了吧！

暖暖的阳光晒着烫烫的，才知道自己已经不是在猪圈里了，也不会有人给我送食料了，还是节约点儿能量吧——我想着：不行，这样下去也不是办法呀！

管不了那么多了，得先找吃的再做打算。路边很多的青草，我便胡乱舔了一口，妈呀，这是什么鬼东西，这么难吃！但肚子一直在做最强烈的斗争，我最终只有硬着头皮吃——能填饱肚子就很不错了，至少现在还有自由嘛——我这样安慰自己。

我突然想起：自己这样出来了有意义吗？以前的向往又是为了什么？我独自躺在阳光下想着，很惬意的感觉，但是一直没有得到答案！为了什么呢？对，为了什么呢？在圈里面可以吃了睡，睡了吃。可是到了外面，还要自己找食物，而且是很难吃的！

回去？

呃，不行的。好不容易才跑了出来，这样就回去？坚决不！

黑夜到了，独自徘徊在路边，远远地凝望着主人家的方向，灯火辉煌……自己竟然伤感起来：想起今天吃的东西就不舒服，和在家比起来，简直是一个在天上，一个在地下！

……迷迷瞪瞪醒来，已经是第二天上午了。太阳凶狠狠地晒得我脸上火辣辣的，要知道以前的话，我现在还在睡觉呢，唉！

决心开始动摇了，早上我开始拉肚子了，昨天吃了生草的缘故？要是在家，现在主人已经很着急地为我找医生了。

我终于想通了，还是回去吧。在家什么都比这里好，自由有什么用？饭都吃不好，还要自由干什么？

回到家后，一切都还是老样子，什么都没有变。唯一的感觉便是家中的食物比以前更好吃了。

就这样，我在主人家中度过了自己的余生，那段流浪生涯也在脑海中沉淀为永远的记忆，我的故事也在人群中流传了好久。我想：母亲听到这话的时候，一定会为我的举措感到骄傲吧。

最后，我和其他的猪一样，被送进了屠场。听说那是猪的必经之路。

鲜血“啪”地喷了一地。

记者招待会
签名板
运动明星猪
SUPER

你是猪又咋的?

公元 2208 年，猪肉价格飞涨，一年前一百元钱可以买两斤，此刻一百元钱只能买半斤。这导致吃猪肉的人越来越少，养猪的人越来越多。

终于，猪肉价格如股市崩盘，一跌再跌，直跌到一百元钱可以买五斤猪肉。

我是猪，就在一百元钱可以买五斤猪肉的时代，出生在一个农家小圈。听母亲说我才出生时就很特别，所以认定我是一头特别的猪。你很可能会影响整个猪界！母亲还这样说我。

母亲说我特别是有道理的，因为我从小就和别的猪不一样，不是光想着吃和睡。我喜欢“锻炼”。从睁开眼睛的那天起，我就兴奋地从猪圈这头跑到那头，再跑回来，如此来回好几趟。而别的兄弟姐妹就躺在母亲的肚皮上，呼哧呼哧地喝奶。

由于猪肉市场的不景气，主人开始想花样，决定选三头猪来用别样方法进行饲养：

第一头：每天用精心配置的营养品喂养，定时定量。

第二头：和普通猪一样饲养，但是每天注射细嫩肉质的药物。

第三头：在林子里圈地一平方公里，不提供饲料，放养。

主人选代表的时候，我正从猪圈的一个角落向另一个角落跑。主人一眼盯准了我：这头，选去放养。同时被选中的还有朱朱和憨憨——我最好的两个兄弟。

主人把我送到了新家，那是一块多么奇特的天地：阳光、青草、雨露、篱笆，更重要的是还有自由！虽然没有了主人每天定时送上的美餐，但是可以享受这么多，我很满足。我还可以跑步，而且不用绕着丁点儿大的猪圈一圈又一圈，正如主人送我到新家时嘴里哼的：随风奔跑自由是方向，追逐雷和闪电的力量……

舒适的日子总过得很快，两个月一晃就过了。

我想起了朱朱和憨憨，他们的新家就在隔壁。

于是在一个月黑风高的夜里，我悄悄跑到篱笆附近，去看看他们。

我亲切地呼唤：朱朱，憨憨，你们过得还好吗？

朱朱哼哼着说：冰冰？你还没饿死啊！你看我现在都胖得不行了……

爬上圈栏，让我瞧瞧，瞧瞧你到底有多胖？我爬在篱笆上嬉笑着。

不行啦！太胖了，我现在想站稳都太费劲了，主人每天喂我太多好吃的，什么鱼翅啊，鸡肝啊，海鲜什么的，撑死老猪了！

有吃的还不好？我每天就吃猪草加饲料，还得每天挨一针！憨憨醒了，听到朱朱的话后埋怨道。

冰冰，你呢？过得如何？都没见主人给你送食物。朱朱和憨憨齐声问道。

我很好啊！每天跑步锻炼，每天吃最新鲜的草尖，喝“矿泉雨露”呢！

……

朱朱一直在那炫耀它吃得多好，憨憨一直在那埋怨它每天挨一针多痛，无趣得很！我就又晃到自己的大本营去了。

没过几天，主人带了几个记者来我家，有的拿着相机，有的扛着摄像机，还有人拿着话筒。他们对着我直拍照。我没有理会，自由地奔跑。

后来我才知道，他们是兽界权威杂志《兽 TIME》的记者，新一期《兽 TIME》封面用了我奔跑时候的靓照。从那一刻开始，我成了兽界最耀眼的明星。

一时间，我成了最热门的宠儿。主人发现这是个挣钱的绝好机会，于是每天带我走秀、拍广告、代言产品，挣出场费、广告费、宣传费，把主人的脸都笑烂了。

主人突然想到：成功是可以复制的，要是能培养出多头“运动型”家猪，都来挣钱该多好？这消息还在一夜之间瘟疫般疯狂散开。一时间，各养猪户都把自己家的猪赶到外面去放养。

明星的生活，让我身心疲惫。所以在主人培养出新的“运动型”家猪后，我稍微有了休息的时间。我自觉地回到属于自己的林子去。

半夜想起了老朋友朱朱和憨憨，我爬到篱笆上深情地呼唤，只听到憨憨微弱的声音。

憨憨哭诉着：朱朱因为身体过胖早被主人宰杀了，而自己因为被注射了过多的药物，体质很差。主人虽然暂时还没有要杀自己的意思，但是这样的身体，也只有等死的份。憨憨边说边哭，哭得很伤心。

我安慰了几句，却不知道还能说什么，突然发现自己和他们属于完全不同的世界了。

又过了几个月，所有的养猪人都把自己家的猪培养成“运动型”家猪，而忽略了卖猪肉。猪肉价格又开始飞涨，从一百元钱买五斤猪肉涨到一百元钱只能买二两猪肉。

那天阳光灿烂，我习惯性地和主人一起去拍广告。拍完大幅广告后的第二天，主人把我带到一个广场上，广场四周挤满了人。广场中央是一个大舞台，舞台上挂着昨天拍的大幅广告，上面有我的大幅相片，依稀看到广告内容是：最新推出“运动型”猪肉，肉质精，口感好，价格适中，关键是新鲜……

我还看到了屠夫！

苏三

苏三一直和娘睡。

苏三出生后，苏三娘就一直让苏三睡在自己旁边。

苏三还吃奶时，睡觉前要抿着娘的乳头才能睡着。三岁后，娘的奶汁渐渐枯竭，就不再给苏三奶吃了。睡觉的时候，苏三就要摸着娘的胸才能入睡。

苏三娘三十六岁生苏三，这是她的第三胎，前两胎都不到一岁就夭折了。所以苏三娘把苏三看成是手板心，心头肉。一山容不下二虎，一张床也容不下两个男人，在这场没有硝烟的战争中，毫无战斗力的苏三却轻易战胜了他爹，自己睡在娘的半张床上。

苏三爹一开始还可以理解，后来就完全无法忍受了。再

后来，就干脆一走了之，从此杳无音信。那年苏三两岁。

苏三娘完全不知道苏三爹为啥会离家出走，永远是骂骂咧咧地说苏三爹没良心，良心被狗吃了，丢下他们母子不管了，出去了就不晓得死回来了。骂完了，再一阵号啕大哭。苏三听到娘在哭，也跟着哭了起来，苏三娘就将乳头塞进苏三嘴里，苏三就砸吧砸吧地吸，不再闹了。苏三娘也扯起衣袖，在脸上胡乱地擦几下。

苏三爹一直没回来，没打过电话，连信都没捎个回来。

苏三娘就管不了那么多了，该喂猪喂猪，该养鸡养鸡，到了苏三上学的年龄，就送苏三去学校上学。

苏三也还算懂事，他从来不向娘提起爹的事，他相信娘说的，爹出远门了，等自己长大了，爹就会回来。

苏三每天想着自己快点儿长大，快点儿长大，长大了爹就回来了。

唯一不变的，就是苏三一直和娘睡，睡觉前，一定要摸着娘的胸才能睡着。

苏三小学毕业时，十三岁。

十三岁的苏三还是和娘一起睡。

这时候，苏三娘突然想起点儿啥，就对苏三说，你现在是男子汉了，你应该一个人睡。

苏三不干。

苏三说，我从小就和娘一起睡。

苏三娘说，你不可能一辈子和娘睡，那样你以后还怎么娶媳妇。

苏三说，大不了不娶媳妇。

苏三娘笑着说，傻孩子，你不娶媳妇，娘怎么带孙子，当奶奶呢?

苏三又说，娘你放心吧，我会娶到媳妇的，还让你当奶奶。

苏三娘就咧着缺牙的嘴笑，笑完就说，不行，从今天开始，你不能再和娘睡了，你要一个人睡。

苏三很委屈，说，娘，不摸着你我睡不着。

苏三说这话，脸不红，心不急，一脸委屈。

苏三娘拿他没办法，说，再让你摸几天吧，不过，你总有一天得一个人睡。

苏三就笑了，一脸童稚地笑了。

又是三年，苏三初中毕业了，没考上高中。

苏三娘说就是借钱也要让你上高中，苏三却拒绝了。

苏三看到娘头发都白了，苏三还发现娘的胸已经不像以前那样有弹性了，瘪瘪的，像个风干的枣。

苏三说，娘，我不读书了。我要去打工，我已经十六岁了。我要去打工，我要挣钱养娘，我是男子汉了。

苏三娘听到这话，又是哭，又是笑，眼泪流得一塌糊涂。

苏三就去城里打工了。

苏三第一次出门，没敢走太远，就到本县县城，两小时车程就到了。

苏三一开始去应聘保安，人家说，你这样的身材，电风扇的风都能把你吹倒，还当保安。

苏三就说，我家也有电风扇，没有把我吹倒呢！

那人乐了，说你家风扇太小，我们这风扇大，风就大，风大了就能把你吹倒的。

苏三听到这话，想起自己家电风扇是小，就怕了。

苏三又去应聘保险推销员。

招聘的人问他高中毕业没，他摇头。

招聘的人问他有西装穿没，他摇头。

那人就说，你可以走了，留下电话吧，我们会电话通知你结果的。

苏三说我没电话。

那人火了，说，你可以滚了！

苏三就怯怯地离开了。

苏三最后还是找到工作了，火锅店服务员。

包吃包住，一个月二百五。

苏三想，娘喂一群鸡，得四个月才能卖，每次才卖三四百，还得喂那么多粮食。自己包吃包住，一个月还拿二百五。赚了！

晚上，苏三睡不着。

苏三就想起了隔壁的小红，小红也是服务员。

苏三想了很久，敲开了小红的门。

苏三说，我想摸着你睡觉。

小红骂，流氓。

苏三说，真的，我想摸着你睡觉，不然我睡不着。

小红就说，你再耍流氓，我就喊人了。

苏三急了，说，我不是流氓，我只想摸着你睡觉，不然我睡不着。

说完，苏三的手就朝小红的胸部伸去。

小红开始大喊大叫，流氓，打流氓！

苏三也急了，一把就把小红推倒在地上，大声说，我不是流氓！我只想摸着你睡觉！不然我睡不着！

电灯亮了，人都醒了，都围了上来。

小红脑袋被摔了个口子，立马送去了医院；苏三被一阵痛打，然后送进了派出所。

判决很快出来了，苏三猥亵罪和故意伤害罪并罚而被判刑。

苏三娘一直不知道发生了什么事，只知道苏三和他爹一样，走了就再没看到回来，杳无音信了。

苏三娘逢人就骂，苏三父子都不是好东西，老的一出门就忘了老婆，少的一出门就忘了老娘！没良心也会遗传！

穿过正午的斜阳

北京，十月的阳光。

这是我到北京后的第三十二天，我已经没有了年月的概念，只将自己到这个城市的日子计算得清清楚楚。

现在是正午，刚才经过一家食店，我瞟了一眼挂在大堂内的大钟，十二点了。一阵风吹过来，冷飕飕的，沁心的凉，我把衣领翻过来，盖住半张脸，再将手揣进裤兜里，有点儿蜷缩的味道儿。

我不知道自己现在所处的具体位置，甚至东南西北都找不到，天蒙蒙亮就开始晃荡。现在已是正午时刻，我走走停停，停停走走，只知道自己在大街上，找不到方向。浑浑噩噩地浪费了一个月的时间，面试了那么多家单位，就没成一个。

我决定给自己放一天假。

我走在立交桥下，阳光斜斜地透过路边的大树，在马路上留下斑驳的影子。我尽可能地让阳光多晒一点儿在我身上，我需要阳光，我喜欢暖和的感觉。

我开始走上坡。在我前面三步远，有一台三轮车，车上载满了废品，高高的废品盖过了三轮车的主人。三轮车移动得很慢，我加快脚步，走上去。车主是个老人，猫着腰，穿得破破烂烂的。

我将手从裤兜里伸出来，搭在老人的车上，帮他加把力，结果被老人拒绝了。老人说你别误会，这次上坡你帮了我，下次我还是得自己往上拉呵！路还得自己走。

我觉得老人说话有点儿意思，自己也跟着走碎步，和老人平行着往上走，边走边聊。

你这么大岁数了，为啥不在家待着呀？

退休的时候在家待了些日子，后来实在闲不住，就出来了。

你孩子不拦着你？

孩子在国外，每个月打个电话，好几年没回来了，我只要带上手机就成。

他用眼神示意我看挂在他胸前的手机。

他在国外读书？你不会还给他挣学费吧？

他在国外教书，教中文，每个月给我寄些钱回来。那钱我都给他存着，一分没动。

哦，那挺好的呵。

是挺好的，我自己收些破烂，再捡些垃圾，一个月也能挣个千儿八百的，还花不完呢！

老人说这话的时候，阳光正斜斜地洒在他脸上，耀眼的感觉。

小伙子，你呢，不上班？

我，我今天休息。我诺诺地说。因为我撒谎了，我根本就还没找到工作。

不知不觉中，我们已经走完了上坡，上了平路。

不行，我得歇会儿。老人将三轮车停在路边上，一屁股就坐在路边的花坛上。我也跟着他在旁边一屁股坐在路边的花坛上。

休息好啊，休息可以晒晒太阳，散散步，挺好的。

是，是挺好的。

小伙子，反正你闲着也没事，我给你讲个故事吧，愿意听吗？

愿意听，我愿意听。我马上回答道。

我年轻的时候在国企上班，和所有人一样过日子：结婚，生孩子，然后送孩子上大学，再送他出国，再后来，孩子留在了国外。慢慢地，人就老了，退休了，再后来，老伴儿也不要我，一个人就走了。

儿子非要接我去国外，我没去，人老了，和年轻人习惯不一样。

你是不是特奇怪，为啥我这么好的条件还来收破烂，捡垃圾？

老人看我一眼，笑笑，没等我回答，继续说。

我拒绝儿子去国外的时候，儿子就赌气说不再管我了。当时我一想，供你读书上大学留学我都有能力，难道还养活不了自己了！

儿子给我买了个手机，说是找我方便，然后每个月给我打个电话，我告诉他国际长途贵，他说不贵，电话费不算什么。儿子每个月也给我寄钱，只是寄的钱我一分都没花给他存着，将来他娶媳妇用得上的。

走吧，歇息够了，继续前进。老人说。

我跟着老人继续走，穿过有阳光的马路，穿过有树荫的小道，还过了几座桥，到了一个胡同。胡同很小，房子很旧，伴着股奇怪的味道。

我很熟悉这个味道，因为我到北京的第一天，就找了这样一个地方的最廉价的旅馆住下，而且一住就是三十二天。尽管如此，住宿费依旧是我最奢侈的开支。

我尾随老人进了胡同。

老人突然将三轮车停下来。不远处，传来一阵谩骂，老不死的死老头儿！你又去哪儿弄这么多垃圾回来！你还不快弄出去倒掉！

……

骂声不止，骂人的是一位老太太，被骂的人是推三轮车的老人。老人怯怯的，像个做错事的孩子。

我问老太太，老人不是在收破烂、捡垃圾赚钱吗？

老太太愤愤地说，他是不是还告诉你他老伴儿死了，儿子在国外工作，接他去他还不去？

没等我回话，老太太继续说，我就是他老伴儿，三年前，儿子大学毕业了，没找到工作，就离家出走了，现在都没个音信，老头儿受了打击，就这样了……

我不知道自己是用什么方式离开那小胡同的。

我努力回忆老人的模样，但是怎么也回忆不起来，只是耳边一直萦绕着上坡时候他说的话：这次上坡你帮了我，下次我还是得自己往上拉呵！路还是得自己走。

我又回到马路上，阳光晒在马路上，更斜了，我却突然觉得暖暖的。

发薪日

今天发工资，发了工资照例放假一天（今天下午到明天上午）。这样的生活让我回忆起高三时候，唯一不同的是高三时候还有个目标，而如今是漫无目的。

这是我在工地上拿的第一笔工资，也是第一次休假。我先给家里挂了个电话，道声平安。随后我便和兄弟们进城去了，一起进城的还有老黑、虎子和天平。其中老黑年纪最大，女儿都会打酱油了；我和虎子还有天平年纪相仿，都是高中刚毕业。准确地说，所有的工人都进城了，只是每个人进城的目的和路线不一样，而我和老黑他们是一起走的。

现在得想办法打发这些时间，老黑建议去洗洗头，搓搓背，睡睡觉，累了一个月该发泄一下了。我和虎子没吭声，天平

问了句多少钱？老黑嘿嘿一笑，说也就百儿八十。天平嘟哝了一句：可以吃半个月伙食了，我不去，你们去吧。再说睡觉还进城里睡？那你说个看看？老黑一脸无奈。天平就提议去看电影，结果被我们三人一同反对：啥年代了，还看电影？再说一群大男人去看啥电影合适！吵吵嚷嚷半天，我们最终达成协议去街边吃自助餐，喝二锅头，酒足饭饱后再考虑干什么去。

四个男人开始狼吞虎咽地吃东西，偶尔碰碰杯子，也是为了活跃气氛。大家都饿了，而且饿得有些慌。

肚里有些底之后，开始拼酒聊天，开始是你一言我一句，大伙凑合着说，又凑合着听。先是老黑说自己媳妇，长得如何漂亮，干活又如何得力，看上去瘦瘦的，摸上去肉肉的，村里的男人们看了没有不流口水的。我们都深信老黑媳妇干活很得力，结实的身体和黝黑的皮肤就可以看出来。老黑把他媳妇的相片放在枕头下面，总喜欢在没事的时候拿出来瞧上几眼。

说到这，虎子突然哭了。大伙问他哭啥？他用袖子把眼睛一抹，然后端起满杯的酒一饮而尽，半天不吱声。

愣了半天，虎子终于开口了：刚才我没哭，只是觉得心里难受。他妈的这接下来的日子咋过？难道我们就这样打一辈子工？

天平，你呢，说说你的故事吧。老黑端起杯子和天平碰了碰，一口干了那杯酒。

我没啥可说的，出来打工挣钱，然后回家开店娶媳妇。天平闷闷地，独自饮酒。对了，小姚，你有什么打算？天平突然有了兴致问我。

我要挣钱，然后离开这鬼地方。我悠悠地说出这句话，眼睛死死地盯着街边的路灯。

离开？离开了又干啥？虎子追问。

离开，离开了我也不知道干啥。我一脸茫然。

沉默良久。

别想啦！喝酒，干！老黑突然举起一杯酒，打破这死一般的沉寂。大伙就都举起手中的杯子，将酒倒进已经不太适应的喉咙里。

也不知道喝了多久，老黑的电话突然响了，听声音是老黑媳妇打来的。老黑一边接电话一边骂骂咧咧，最后只听到老黑说：晓得了，不就是钱嘛，老子明天就去寄！说完就挂了电话。

我跟你们几个说啊，千万别像我这么早就娶媳妇要孩子，祸害！瞧，我那死婆娘知道我发工资了又打电话来问要钱，说什么家里买肥料没钱了，买饲料没钱了，女儿上学买本子都没钱了。我他妈一天又不是造钱的！老黑半醉，情绪很激动。说着说着，眼睛开始迷茫，端起杯子把一满杯酒倒进胃里。我们三人不知道说什么好，只好默默地听他唠叨，陪他喝酒。

虎子是第一次喝白酒，几口酒下肚就开始面红耳赤的，举杯子的手开始晃荡，慢慢地整个人也随着手开始晃荡起来。天平还好，读书时候就经常跑出去喝点儿小酒，但也受不了白酒这样满杯灌。老黑是老酒鬼了，但是心情不怎么美丽的他也开始招架不住，边喝边闹。我虽然喝得很低调，头也开始发晕，于是喊老板结账，走人。

我让天平扶着虎子，自己把老黑搀着，四个喝得烂醉的男人散在大街上。

夜色撩人，城市和工地不一样：工地的白天总是无尽的劳累，晚上总是死寂的黑夜；城市却像书上写的那样，高楼林立，灯红酒绿，永远没有黑夜，到处都弥漫着诱人的味道。我喜欢这种味道。

城市也是一个巨大的容器，不只可以容下白领高阶这样的主角，也能包容三流九教的配角，不同的角色掺和霓虹灯光演绎着不同色彩的故事，点缀着城市别样的美。我知道我们现在还属于后者，但是我也想成为城市的主角。

第二天一早我就去了银行，把身上所有的钱搜出来，抽出两张放进最贴身的衣服兜里，然后把余下的钱全存在卡上。我不知道自己以后要去哪里，但却想得很清楚，等卡上的钱上了五位数，我就立刻离开这个鬼地方。

第四辑

秋空霁海

主角

网上聊天，只是一个游戏罢了，很简单的一个游戏，只要不打破游戏的规则，就是好的。

——题记

他在政府工作。

她负责家务事。

他是她的男人。

她是他的女人。

男人在政府的工作很轻松，没事就上上网，查查资料。

女人在家负责家务也不累，没事就上上网，看看新闻。

一不小心，男人进了一个聊天室，还给自己取了个名字：风。

一不小心，女人也进了这聊天室，也给自己取了个名字：云。

男人进聊天室是一不小心，动机很单纯。

女人进聊天室也是一不小心，没有心机。

男人和女人聊在一起，是因为他们觉得很有缘分。在网上世界，每个人都把自己的名字取得煽情极了，充满了诱惑，只有他们单纯地取了一个字。更何况，千万人之中，只有他们两个人的名字是风和云！

男人和女人聊在了一起。

……

男人说：我在政府工作，一不小心就进了这个聊天室，就遇到了你，这是缘。

女人说：我在家主家务，一不小心就进了这个聊天室，就遇到了你，这是份。

……

男人说：我家有妻子，对我很好，但是她太平凡了，没激情。

女人说：我也有丈夫，对我很好，但是他太死板了，没感觉。

……

男人说：如果我没结婚的话，我会娶你，因为我已爱上你了。

女人说：如果我没嫁人的话，我会嫁你，因为我也爱上你了。

……

男人说：我不能娶你，因为我家有妻子，对我不错。我不能没有家。

女人说：我不能嫁你，因为我已有丈夫，对我很好。我也不能没家。

……

男人说：我们在网上安个家吧，就叫作风云小屋。

女人说：我太感动了，我也正准备对你说这个呢！

……

男人和女人在网上有了一个叫作风云小屋的家，还注册了个孩子，叫雨。

……

男人说：很想你，常常在梦中见到你的样子，你很漂亮。

女人说：很想你，常常在梦中画出你的样子，你很英俊。

……

男人和女人几乎同时打出了那行字：我们见面吧！我真的受不了这种煎熬了！

男人和女人约定第二天上午十点在“风轻云水吧”见面。“风轻云水吧”离男人所在的政府机关和他们家的距离一样远。

那天晚上，男人回到家之后照例吻了妻子，早早地睡了。

那天晚上，女人照例给归来的他一个拥抱，早早地睡了。

只是他们都没睡着，都想着明天见面的事。

第二天，男人早早地起床，在镜子前多待了几分钟。

第二天，女人早早地起床，干完家务就开始打扮了。

他们都如约到了水吧。

男人按照约定拿着一本书坐在了水吧最右边的窗子边。

女人按照约定拿一个苹果坐在了水吧最左边的窗子边。

他们约定：十点前，都不要向对方所坐的位置上看，哪怕是偷看。

十点到了，男人和女人都转身看向自己的梦中情人时，发现对方竟是自己的妻子和丈夫！

他们相视一笑，而后很亲密地坐在一起喝了一杯咖啡才各自离去。

男人去政府。

女人回了家。

男人很满足，自己不在的时候，她仅仅是在网上和别人聊聊天，解闷而已。

女人很欣慰，自己不在他身边，他仅仅是在网上和别人聊聊天，解闷而已。

他们约定：继续游戏，只不过故事的主角不再是两个，而是四个。

翠儿

翠儿娘在油菜田里割猪草，听到有人议论减免学费的事，心里很不舒服，背起背篼就往家赶，边走边骂：狗日的不早两年减免，害得我家翠儿不能读书，天天在家割猪草。

两年前，翠儿被娘从学校硬拽回家。娘说她是女娃，养大了总归是别人家的人。家里养有几头猪，娘要她每天在家割猪草做饭洗衣服。翠儿一言不发，算是默认。

那年她十六岁。

娘见翠儿心不在焉，就骂，死女娃子，你不认真割猪草，明天就把你嫁给李麻子（村里的又穷又丑的老光棍）！翠儿知道，那是娘吓她的。娘现在很喜欢钱，觉得有了钱就有了幸福。娘还说自己年轻时太傻，为了所谓的爱情嫁给一个小学老师，更背运的是翠儿六岁那年，他在一次泥石流中为了救学生，自己丢了命。翠儿娘没改嫁，她想着把翠儿养大，再嫁个有钱人，自己也就跟着过好日子。她准备把翠儿嫁给村主任的儿子——三十多岁的老男人。

小黄突然大叫，翠儿顺着望过去，只见一个穿蓝色工作服的男人朝院子走来，脖子上还挂了一个牌牌。

翠儿看清楚了男人牌牌上的字：周明华，销售员。周明华告诉她，自己是“X 公司科技下乡服务队”的，来宣传新产品和养猪技巧……周明华抑扬顿挫的讲解很吸引她，长这么大她还是第一次听一个男人讲这么多话。她狠狠地盯着他，突然她想起点儿啥，就进屋倒了一杯水递给他。她没听清他究竟说了些什么，只是将双眼死死地盯着他。

周明华讲完后递给翠儿一张宣传画，丢下一句“谢谢”就走人了。翠儿就站到院子边远远地目送他，眼睛里闪着幽幽的光，充满了期待、欣喜、幸福，还有忧伤。

夜里，翠儿做了一个怪梦，她梦见自己和周明华一起进城了，还是被周明华背进城的！翠儿嬉笑着从梦中醒来，笑容从睡梦中蔓延开来。

第二天，翠儿继续割猪草，脑袋里却浮现出一个男人的影子。翠儿费劲地看，终于看清楚那男人就是周明华！男人靠近自己，说了一句：跟我一起进城市去吧！然后就把自己背在背上……想到这儿，翠儿红了脸，丢了刀，朝院子外走去。

她去马路边的小卖部向大娘打听周明华的下落，大娘就说了他的住处，还说了他啥时候回城云云，翠儿听得正入迷时，娘开始狼嚎：翠儿，你这砍脑壳的死女子……

回家后，面对娘的谩骂，翠儿一言不发。

她在盘算自己存有多少私房钱，她打算进城去，还要和周明华一起进城去。在遇到周明华前，她的心时常静如止水，偶有风吹过，荡漾起些许涟漪，不过是花季女孩儿的梦幻和浪漫。周明华的出现彻底打破了她内心的平静，她清楚这不是爱，却有种说不出的感觉。此刻，城市也像个有魔力的水晶球，控制着她的整颗心，让她无法挣脱，更不愿放弃。

痛苦的挣扎之后，翠儿决定，进城去。她不清楚自己进城去干什么，她甚至不清楚自己为什么要进城。但她决定了要进城，最好是还能和周明华一起进城。

翠儿打听好了周明华回城的具体时间，就收拾好了衣服，等待那神圣的一刻。

那一天如期到来。翠儿换上那套早就准备好的漂亮衣服，走出篱笆院子，穿过金黄的油菜田，路过墨绿的麦子地，绕过馨香的桃花林，到了镇上。

她赶上了周明华那趟车，坐在他后面。腼腆的她一言不发，周明华也没有认出她来。

车上，周明华断断续续抽了几支烟，接了个电话。那神情在翠儿眼中看起来很熟悉、很亲切——多年以前，翠儿她爹也这样抽烟，很悠然，很陶醉。

下车后，周明华大步向前走。翠儿就一声不响地跟在后面，她总和周明华保持着不远不近的距离。

远远地，一个穿着时尚的女人牵着个孩子向着周明华招手，周明华就露出灿烂的笑容，翠儿却恨恨地盯着那女人。突然，那个小孩跑过来抱住周明华，还奶声奶气地叫了声：爸爸！

翠儿眼前一片黑，再一闪，就消失在人群中了。

剩女

幸福是啥？幸福就是当一名美丽的剩女。苏晓敏随时把这句话挂在嘴上。

苏晓敏是谁？苏晓敏是公司最后一名剩女。

剩女是啥？比她大的孩子上小学了，比她小的也当孩子娘了，唯有她还闺中待嫁。

苏晓敏以前不是冷美人。大三那年她一头栽进了建的怀抱，还引来了不少女生羡慕和妒忌的目光。幸福在毕业时结束了——建为了留校，和校长的女儿好上了。苏晓敏在这个俗套的故事中扮演了悲剧的配角，她没哭，背起书包就来了我们公司。

我要当剩女！苏晓敏的这句话并没有引起太多人的注意，

每个女孩儿来公司时都会说这句话，也总会在不到一年的时间里披上婚纱。你剩女，我还“圣男”呢！寒冰一语惊人，所有人都把目光转移到他身上。从此寒冰便有了“圣男”的美名。

苏晓敏瞪了寒冰一眼，眼中有些恨有些怨，还有些说不出来的东西。寒冰却望着她傻傻地笑。疯子。苏晓敏丢下这句话后开始了工作。

苏晓敏喝水很特别，她不像精致女人那样喝咖啡，也不像小女生般喝奶茶，她只喜欢喝藿香叶子泡水。读书时寝室楼下就长着几株藿香，她每天晚上可以不吃饭，但是不能不为第二天准备藿香。到了公司找不着藿香，她就只好每天喝白开水来怀念有藿香泡水喝的日子，这种日子持续了一周。

第二周周一，苏晓敏桌子上多了一个精致的杯子，杯子里泡着三片藿香叶子，绿得诱人。她捧着杯子轻轻地嗅了嗅，用上了十足的陶醉。杯子下还压着张纸条——俺娘说了，藿香泡水利肠道，女孩儿喝了更漂亮。字写得有些凌乱，却依旧让她很感动。她不知道这是谁干的，却从心里感谢并感动于这句话和这杯水。

周二，同样精致的杯子，同样的三片藿香叶子，同样的纸条，同样凌乱的字迹——很高兴你昨天没把杯子扔了，很感动你还喝了昨天的水。再泡一杯，以示感谢。苏晓敏微微一笑，低眉喝水，眼睛却在巡视，结果没发现任何一个可疑的人。

周三，苏晓敏桌子上惯例有杯泡着三片藿香叶的水，杯子下面同样有张纸条——原来你真的喜欢喝藿香水，以后每天给你泡。苏晓敏低眉喝水，双眼巡视，同样没任何发现。

周四，依旧如此，只是纸条上的内容有所变化——你不用看了，既然是真心为你泡水就不会在这个时候让你发现是谁的，呵呵！

周五，桌子上多了几片藿香叶子，纸条上写着：有两天周末不上班，周一还要出差，所以专门给你多准备了几片叶子，自己泡着喝。还有记得把叶子放进冰箱，否则叶子干了泡水不好喝。

苏晓敏办公室一共只有九个人，三个女的，六个男的。她看完纸条马上跑去问主管下周一谁要出差，主管说：哦，下周一所有男同事都要出差，给你们三姐妹也放一天假吧。苏晓敏有些茫然，却还是很高兴。

这种日子持续了一个月。苏晓敏习惯了每天喝藿香水和看那些字迹凌乱的纸条，这已经成为她每天上班不可缺少的部分。

苏晓敏没把这事告诉任何人。她是个聪明的女孩儿，她深信给她泡藿香水的男人是他们办公室的人，还不是坏人。而且对方既然不愿意说，肯定有他的道理，何必强求知道结果呢？总有一天，他会主动告诉自己的。

苏晓敏的生日到了，她一脸幸福地到了办公室，却没发现泡有藿香水的杯子和凌乱字迹的纸条。她心情很失落，再用双眼向办公室扫了一圈，少了寒冰。她突然明白了什么，马上跑去问主管寒冰去哪儿了。哦，寒冰说他今天有很重要的事，要迟到半小时，找他有事吗?

哦，没事，谢谢啊。

她有些失望地坐回自己的位置。这时寒冰来了，手里抱着一盆绿得诱人的藿香对苏晓敏说：生日快乐！此刻全办公室的人都围了上来，递上自己的礼物：生日快乐！晓敏！寒冰还外加了一份生日礼物，是一盒扑克。苏晓敏没有马上打开礼物，决定回家后一个人慢慢看。

下班回家后，苏晓敏一件一件打开今天收到的生日礼物，最后打开了扑克看，里面是五十四张红桃 A，还有一张纸条：亲爱的晓敏，真的希望能一辈子为你泡藿香水喝。我现在很想见你，打开门，我就在你家门前。寒冰。

苏晓敏真的打开房门，寒冰竟然真的站在门前，手里还抱着一大束玫瑰花。

一年后，也就是苏晓敏到公司的第四百天，她和寒冰举行了婚礼。

婚礼上，我们又问起苏晓敏：幸福是啥?

幸福是做一年的剩女，然后找个可以给我泡一辈子藿香水的男人嫁掉。

她总是默默的，随便我说她什么，随便我骂她什么，她总是默默的。

结婚七年了，孩子五岁了，我们俩就没有认真吵过一次架。每次我发脾气，她总是默默地听着，安静地坐在那里像个无辜的孩子。哪怕你反骂一句，我心里也觉得舒服啊！

她是我老婆，是我在当年头脑发热非得去农村找的清纯的、不妖艳的老婆。当年的她淡妆是出水的芙蓉，浓妆是娇滴的玫瑰，虽然只有初中文化，但我还是不顾一切反对，娶了她。婚后的日子过得像死水一样，他们说得真对，我和她真的没共同语言。

这日子没法过了！我在午饭的时候吼了一句，她坐在对面一言不发，只顾着给我夹菜。我把碗一摔，冲出门去。

冲出门后我突然感到一阵眩晕，我还看到了我多年不见的叔父。叔父也和我一样，七十年代本科毕业的大学生回农村娶了小学都没毕业的婶婶，后来叔父和婶婶日子却过得幸福自在。我情不自禁地和叔父聊起他的爱情。

叔父，当年你娶婶婶，是因为爱情吗？

我们当年哪儿有爱情可言，我们的婚姻都是小时候父母就安排好了的。

那你甘心吗？

有什么甘心不甘心的？婚结了，有孩子了，一心扑在工作上，哪还有时间去想甘心不甘心的。等真正有时间去想的时候，孩子的孩子又出生了，开始当爷爷带孙子。

呵呵，看你和婶婶日子过得还是很幸福啊！

是吗？反正还过得去，你婶婶虽然没文化，但是她心眼好，一心跟着我。

但是你们之间有爱情吗？

爱情？叔父听到爱情二字不自觉地重复了一遍，眼睛有些迷惘。

对啊，爱情，如果夫妻之间连爱情都没了，还叫夫妻吗？

为啥结婚的人叫夫妻不叫恋人？不就因为爱情是恋人之间的感情嘛。夫妻之间是把爱情慢慢转换成亲情的，举个最简单的例子，如果你母亲长得很丑或者没文化，你会嫌弃她吗？这就是亲情。哎，我说你小子是不是和你媳妇闹矛盾了？

没，没有，我和她挺好的，我只是随便问问。我红着脸回答叔父。

叔父嘿嘿笑着说：准备娶她的那些日子里，我还真不甘心！我总在想，难道我就这样娶了她，结束自己的青春年华，然后过普通的日子，没有奇迹，也没有幻想？读书的时候，我工作学习，想着美好的未来，可一旦都确定了却感觉没着没落。叔父说这话的时候脸上写着些无奈。

那也只是想想，我终究还是娶了她嘛。她可真是个好女人呵。虽说没文化，可她打心眼里对我好，每天回家都有可口的饭菜。儿子出生后，她又一心一意地照顾咱儿子，一辈子就为了这个家，没别的心眼。要是换个有文化又长得漂亮的，能这样安心地守着我这个穷书生过一辈子？叔父说这话的时候，扬着满脸的自豪。

好了，我不跟你多说了，你婶婶叫我回家吃饭呢！

叔父你别走，我话还没说完呢！我吼道。

这一吼把我自己给吼醒了，醒来一看我竟然躺在床上，老婆儿子都坐在旁边。

你可醒了，都睡半天了。

是吗？我咋不知道。

你中午出门没走出几步就晕倒了，医生说是太累了，让你好好休息。单位那边我已经给你请假了，你就安心在家好好好休息几天吧。

哦。

儿子端来一碗汤说，这是妈妈专门给你熬的鸡汤，都熬三四个小时了，医生说鸡汤喝了养神。

老婆接过汤碗，用勺子舀上一勺，轻轻吹了几下，然后喂到我嘴里。

这汤真香！为啥以前没喝过这么香的汤？我不解。

新津男人

男人和女人是青梅竹马，结婚那天，全村的男女老少都来了。老人们说是看着他们长大的，这喜酒一定得喝；年轻人说恭喜他们喜结连理，要视他们的爱情为榜样。

男人家是木匠世家，一块木头进了男人眼，立马就可以在男人脑海中捣鼓成一个全新的模样，再花上几小时的工夫，木头就成了个精彩的木雕：或是一只鸟，或是一盘花。

女人是传统的新津女子，喜欢刺绣、裁缝，婚后专门从家里搬来了缝纫机。阳光灿烂的春日，女人就在梨花树下裁缝衣服。

闲暇的时候，男人会爬到院坝边的梨树上唱道：

新津年年梨花放

染白我家小草房

妹在梨花树下纺

哥上梨树闻花香

男人一边唱着，一边深情地望着女人。

女人头也不抬，只顾着缝衣，脸却绯红，衬在洁白的梨花下，像极了天际边的云彩。

幸福的日子如流水般，一晃就过了。

那天早上起床，女人发现右腿上有几个红疙瘩。一开始没在意，红疙瘩开始隐约发痒，女人就抓，越抓越痒，越痒越抓。女人抓着抓着冒火了，就更使劲地抓。那疙瘩也调皮似的，越抓越多。第二天疙瘩越来越多，左腿也开始长疙瘩。女人心想是过敏，就去药店买了地塞米松来擦。擦了一点效果没有不说，腿还慢慢起泡，开始溃烂。

女人急了，就把这事告诉男人。男人一看，心疼地背上女人就往县医院跑，后来又转送到成都华西医院……医生严肃地对男人说：女人得的是一种怪病，是严重的突发性皮肤过敏症。由于开始没有引起足够的重视，现在双腿已经完全溃烂，就算保住了双腿，双腿也会丧失运动机能。

男人的眼泪如洪水般散落在地板上，吧嗒直响。

男人擦干眼泪，告诉女人，这只是普通过敏，过段时间就好了。

女人相信男人，因为他从来没骗过她。

在医院住了一段时间，溃烂部分开始慢慢结疤，男人就把女人背回家去休养。

男人现在更忙碌了。他现在需要挣更多的钱来养家。

男人找来很多的木头，晚上把一块块木头雕成木雕，第二天就拿到成都去卖，有时候雕得多了，一天卖不完就在市区随便找个门口睡下，第二天继续卖，但绝不会在成都待上两夜。他知道，待久了女人会着急，会担心。他说过男人是不应该让女人为自己操心的。

男人刚三十出头。三十岁的男人脸上再挂点儿磨难沧桑，很迷人。

男人在卖木雕的时候，会顺便带上几个小木块儿，边卖边雕。

男人精湛的手艺吸引来了不少围观的人，大家都惊叹男人的手艺。有人看着看着就买走一个木雕，准备买回家珍藏。也有人看了之后笑笑就走了，匆匆来，匆匆去。

围观的人都盯着男人的手，偶尔瞟一眼男人专注的眼神，除了一个名叫苏晓敏的女人。苏晓敏是只盯着男人的脸，偶尔瞟一眼男人有点粗糙的巧手。

男人并没有因为苏晓敏的注意而将目光转向她，他依旧专注于自己的木头和雕刀。

苏晓敏干脆坐在了男人旁边，安静地盯着男人，不语，也不恼。

男人雕累了，放下木块和刀片，休息。

苏晓敏就和他一句两句地搭讪。

苏晓敏就说：你有张耐看的脸。

男人笑笑，微不露齿。

苏晓敏又说：你雕的木头也很耐看。

男人笑笑，说，谢谢呵。

苏晓敏又说：沉默的男人真耐看。

男人笑笑，说：你也很耐看。说完就低头，有些羞涩。

苏晓敏听到男人说这话，很是兴奋，但是她竭力压制住兴奋，问男人一些琐碎的问题。

苏晓敏不停地问，男人偶尔回答上几句。但是这已经足以让苏晓敏对男人有个大概的了解了。

吃饭的时间到了。苏晓敏就对男人说，和你聊天很愉快！我得吃饭去了。说完就走了。

男人笑笑，看了苏晓敏一眼，算是目送。

第二天，苏晓敏又来到男人旁边，还是老样子，不紧不慢地问男人一些问题。男人偶尔回答上一句，偶尔又不说话。女人也不恼，声音温柔得可以融化掉冬天的寒冰。

苏晓敏和男人这样的一问一答打发掉男人很多无聊的时光，他们渐渐熟悉，男人偶尔也会送一个极小的木雕给她，算是回馈。苏晓敏自是非常喜欢。

苏晓敏就每天陪在男人身边，温情地盯着男人那张耐看的脸，偶尔盯一眼男人的巧手。

有一天，苏晓敏对男人说，和她离婚吧，我嫁给你，我能给你幸福。

男人笑笑，摇头。

苏晓敏又对男人说：凭你的手艺加上我的资本，我们去开个木雕公司，准能赚大钱。

男人笑笑，摇头。

苏晓敏急了：她有什么好的！我们结婚后还照顾她，照顾她一辈子也不行吗？

男人不笑了，说：不行。

男人说完这话，就背着剩下的木雕回新津去了。

苏晓敏不服气，跟着男人上了后面一班车。

男人到家后，放下了木雕，把坐在轮椅上的女人推出来放在梨花树下，口中唱道：

新津年年梨花放

染白我家小草房

妹在树下陪哥唱

哥陪妹妹闻花香

苏晓敏把这一幕看得真切，温情的泪模糊了她的眼、他们的脸。

爱情故事

男人姓许，名沛，大家都叫他许市市。

女人姓黎，名婳，大家都叫她梨花儿。

女人长得水嫩水嫩的，嫁到新津的那天，春天的太阳红艳艳的，晒白了似雪的梨花，晒红了梨花儿水嫩的小脸。许市市在梨花儿的脸上亲了一口，冒出一句惊人的话：梨花儿，你的脸白里透红呢！众人就笑了，笑得梨花儿的脸从粉红渐变到绯红，涩涩的。

换上三年前，许市市说出这话，谁也不会笑，因为许市市曾经是新津有名的才子，五岁就能背诵唐代诗人杜甫的《题新津北桥楼》：望极春城上，开筵近鸟巢。白花檐外朵，青柳槛前梢。流水观为政，厨烟觉远庖。西川供客眼，唯有此

江郊。十岁时，他开始在各大报刊上发表散文诗歌……

自古才子多情劫，最难过情关，许沛也不例外。二十二岁那年，他恋上了年轻的女警花。警花到新津执行任务，被许沛看到了并深刻地记住，但警花对他没任何印象。许沛用尽关系，打听到警花是省公安厅的警察，父母都是大学教授，家庭条件相当不错。许沛就给警花写信，写了一封二封三封，就是从来没寄出过。等他想通了，准备亲自送到警花手上的时候，警花已经调职去了外省。

许沛从成都回到新津的时候，就失了神，掉了魂。三天三夜没吃饭，喝了不少酒。三天三夜醒了酒，许沛就成了许市市。不再会写文章，甚至连一句漂亮点儿的话也说不出来，还养成了嗜酒的习惯。

所以，三年后的许市市说出“梨花儿，你的脸白里透红呢”这句话时让众人发笑就正常了。

许市市婚前嗜酒如命，婚后依旧嗜酒如命。

喝醉酒的许市市习惯性地对梨花儿说：要不是老子现在脑袋市市的，绝对不会要你！

梨花儿也不跟许市市争，也不跟许市市闹，独自跑到床边，把头死死地埋在被子里一阵痛哭，哭完就什么事都没了。

确实，要不是许市市现在脑袋市市的，他是不会娶梨花儿的。

三岁那年的一场大火，梨花儿死里逃生，保了条命，丢了条腿。

梨花儿在被子里痛哭的时候，也在想要不是我腿有毛病，我才不跟你呢！

但他俩就这样结婚了，成了夫妻。

许市市在酒醒后，自知理亏，就更勤快地干活，对梨花儿也是温柔和关切并存。梨花就把许市市醉酒后的胡闹一股脑儿抛到田野去，浇灌那些粮食去吧。

梨花儿说：日子就是鸡蛋黄，你可以捏碎它，粘得你满嘴都是；你也可以一口吞掉，然后喝几口水就解决了。梨花儿说这话的时候，将一个鸡蛋扔进嘴里，抓来个有水的杯子，猛喝了几口。

梨花儿给许市市生了一对龙凤胎，许市市高兴得戒了一个月酒。一个月后又开始喝酒，依旧嗜酒如命，还学会了一个人喝醉，酒醒后又老实地干活。梨花儿早就习惯了，所以也不言语，就这样过日子。

儿女渐渐长大，原本就不太好的家境越发拮据。梨花儿就说让许市市戒酒，许市市丢下句话：赌徒不赌，除非钻土！酒鬼也是，等老子哪天钻土了就不喝酒了。说完提起手上的酒瓶子就往自己头上一砸，瓶子开了花，流着满脑袋的血，灿烂极了。

梨花儿吓呆了，暗暗发誓不再提让许市市戒酒的事。

儿女都上高中了，许市市感觉到吃力，就主动给梨花儿说：

以后不用买瓶装酒，就打散酒喝吧！

梨花儿就听了许市市的，不再买瓶装酒，换打散酒。

儿女都读大学的时候，梨花突然想到个主意：往许市市的酒里掺水。开始是每次掺一点点，然后逐渐加量。许市市依然嗜酒如命，却没发现酒是掺水了的。

儿女大学毕业了，在成都工作，许市市和梨花儿还住在新津。许市市突然发现梨花原本水嫩水嫩的脸已经被岁月染上了一层煤炭黑，还割上了好多道痕迹。

许市市把这事告诉给了梨花儿听，说你的脸现在又黑又有皱纹。梨花就哭，大哭，放声恸哭。

结婚这么多年了，梨花儿还没当着许市市的面这样哭过。许市市失了神，掉了魂。他想到了在成都工作的儿女，就去成都找儿女回来劝梨花儿。

许市市去成都的路上，梨花儿就找来许市市的酒大喝一口，发现全是水。她不服气，跑到商店去买了瓶瓶装酒回来，一口喝掉大半瓶，准备喝第二口时，就忍不住丢了瓶子开始吐，吐着吐着，人就晕了……

许市市和儿女回到新津后立马把梨花儿送到医院，又是洗胃，又是输液，梨花儿才清醒过来。

病床边，许市市一言不发地望着梨花儿，深情极了。

梨花儿也一言不发，望着许市市，满目的柔情。

良久。

梨花儿开口了：憨市市，你这些年喝的都是水！

许市市说：我早就知道你给我喝的酒是掺水了的，后来就根本是白水。

梨花儿说：那你为啥不说呢？

许市市说：我早就戒酒了。

梨花儿说：真戒了？

许市市说：真戒了。

梨花儿的脸就红了。

许市市就说：你的脸白里透红呢！

刀

温情而火热的缠绵后，男人停了下来，躺在爱床上，她则紧紧地贴在男人胸膛上，倾听着男人由急到缓的呼吸。

此刻，他们心里谁都清楚。三小时以后，男人就得离开，为了生计。

男人说，我走了以后，你要照顾好自己。

她没吭声，只是轻轻把手环在男人腰间。

男人又说，我走了以后，你要注意安全。

她没吭声，只是把男人贴得更紧了，恨不得贴在男人身上永远不离开。

男人突然想起点儿什么，就把她双手移开，独自起身。

男人起身后，从柜子里翻出一把刀。是一把藏青色匕首，约八寸长，刀刃呈银色，刀背呈锯齿状，刀尖闪着丝微红的亮光。男人把刀放在床头柜上。

男人说: 这刀是母亲留下的，当年父亲为了生计长年在外，离家前就买了这把匕首留给母亲，说一是为了留个念想——见刀如见人，二是可以防身。母亲去世后，这把刀留了下来。

男人还说：我这一去，可能要一年半载才能回来，你把刀藏好。我不在家的日子里，见刀如见人，还可以防身。

男人把刀放好后，又回到床上，把女人紧拥在怀里。女人将脸柔柔地贴在男人的脸庞上，用嘴轻吻男人的耳根……

女人一直把男人送到了火车站，直到火车消失于眼帘之后，她才悻悻地离开。

男人走后，女人把匕首藏在枕头下。

女人是个漂亮女人，村里的男人们看她的时候眼睛里总放着亮光。但是她的心里只装了一个人，就是她男人。无奈村里的庄稼地无论如何也种不够一家人一年的温饱，所以村里很多男人都选择外出打工，她家男人也不例外。这是男人第一次出门打工。

女人回到家后软绵绵的，心里总想着刚才和男人缠绵时的温存。

女人忽然忧伤起来，女人在想，男人不在的这一年半载如何打发？女人忧伤的时候就会胡思乱想，想着想着，女人突然哭了，还哭出声来。

或许是女人哭得太悲伤，也或者是平子进门的脚步太轻。反正女人发现平子的时候，他已经站在女人身后了。

平子是男人的兄弟，他称女人为嫂子。平子十四岁那年，女人被娶进门，而今平子十八岁了。

平子问嫂子，你哭什么？大哥走了有我在，家里有啥事由我担着呢。

女人不语。

平子又说，嫂子你别哭了，快拾掇拾掇，看你脸都哭花了。平子平日里很少和女人这样说话。长嫂为母，平子以前从来把嫂子当母亲般尊重。

女人起身，才发现自己还身着睡衣。女人习惯了在屋子里穿睡衣，因为平日里这屋子除了自己和自己男人外，没有外人进来。女人让平子出门去，说是自己要换衣服。平子就应声出门了。女人不知道，从平子进门的那一刻开始，平子就一直狠狠地盯着自己那半露着的雪白的双乳。

夜里，女人把房门关得很紧，不仅上了门闩，还费劲地把桌子搬来挡着。女人不是害怕，而是觉得孤单和寂寞。

笃、笃、笃，一阵轻微的敲门声。

谁？

嫂子，是我，平子。

有什么事吗？

没事，就是看看嫂子睡了没？

我已经睡了，你也早点儿歇息吧。

门外就没了声响。

女人就没在意了，却再无睡意。

第二天夜里，平子来敲女人的门。女人问平子啥事？平子说没事就是看嫂子睡了没？女人说我已经睡了，你也早点儿歇息吧。也没太在意，依旧再无睡意。

第三天夜里，平子又来敲女人的门。女人问平子啥事？平子说没事就是看嫂子睡了没？女人说我已经睡了，你也早点儿歇息吧。女人觉得心里有些不舒服，就再无睡意了。

女人和平子在白天见面的时候，谁也没提起夜里敲门的事，似乎这事从来没发生过一般。

第四天夜里，女人一直没睡，等着平子来敲门，平子却一直没来。女人以为平子出了什么事，第二天一大早却在院子里看到平子在挑水，女人就什么也没说又回到房里去了。

第五天夜里，女人只上了门闩，没再把桌子搬来挡门，平子依旧没去敲门。这样持续了半个月。

半个月后的一个夜里，女人早早地睡下，睡得正香时听到一阵敲门声。女人问是谁，没人答应，敲门声更重了一些。女人把匕首悄悄藏在右手上再去开门，门一开，窜进来一个黑影，黑影似乎料到女人手上的匕首，一把夺过刀，随即把女人抱到床上……女人反抗得很厉害，当她摸到黑影男人背上的肉赘时，她不再反抗，开始迎合，轻轻呢喃……

第二天，女人接到男人的电话。男人告诉女人他没找到工作，今天晚上要坐火车回来，两天后到家。女人问男人昨天晚上你在哪儿？男人说昨天晚上在火车站排队买火车票，排了一天队才买上票，就要上车了。

女人挂了电话，丢了魂儿。

就在此刻，平子挑着水走过来，由于天太热，平子把衣服脱了，拧在扁担上。女人一眼就瞧见了平子后背的那个肉赘，平子竟然和他哥一样，在后背同一位置长了个肉赘！

女人幽怨地盯着那个肉赘，盯着盯着，她喊住平子：平子，累了吧，快进来喝碗水。

平子一怔，憨憨一笑，便放下扁担进了女人屋子。恍惚间，从女人屋里传来一声惨叫，随后便看见平子飞地冲了出来。

两天后，男人回来了。打开房门，没有人在。只见桌子上深深地刺着那把家传匕首，却没注意到桌下静静地躺着那个肉赘。

头发

女人是个精明能干的女人。

精明能干的女人身边从来不缺男人，只是那些男人一个个都是披着一张皮游荡在她面前，幽魂般，除了他。

女人想了很久，终于想起用“冷俊”这个词来形容男人。女人又觉得不够，男人有很耐看的脸，很男人的身材……女人就盯着男人看，看得男人脸绯红，自己脸也红了，红着脸，偷着笑。男人的好还不止这么多。男人的知识可以用渊博来形容，台上的男人总能把枯燥的理论讲得妙趣横飞，台下的人听得津津有味……

女人和男人在同一家保险公司，男人是内勤督导，女人是外勤业务员。

男人有女朋友，在另外一个城市，男人会在每天下班后给女朋友打电话，声音细细的，很温柔。女人就想，那女孩儿真幸福，有这样的男朋友。女人想到这里，脸又红了。

女人身边虽然不缺男人，但那些只是闻腥而来的猫，个个看起来都像是男人，不过都是些有心没胆的人。用女人的话说，他们不过是披着男人皮，没一个是真男人。

女人就开始换着花样找机会接触男人，比如没事找点事儿，比如闲了就到内勤办公室晃晃，还比如让男人帮忙查点儿资料，做个计划什么的。

只是男人对此一点不心动，男人心中只有他女朋友。男人觉得一个人内心深处只有一个位置，一旦被占了就再没空隙了。

精明的女人有的是手段，女人让自己的一个闺蜜传谣言说自己是个肮脏的坏女人，还将谣言传到公司去，然后，女人装委屈，找男人喝酒诉苦，说自己不是个坏女人，那些话都只是谣言，要男人一定要相信自己。两人喝得烂醉如泥，搀扶着去女人家过了一夜。

第二天早上，男人是被打醒的，男人醒来发现女人用被子裹着身子躺在自己身边……男人觉得很内疚，自己打了自己一个耳光，女人还是抽泣，男人就说我会对你负责的，然后穿好衣服，上班。

一个月后，他们结婚了。新婚之夜，男人才知道他们喝醉那天夜里啥也没做。男人后悔，但是晚了。

女人剪掉了留了多年的长发，因为男人曾经的女朋友就是留的长头发。女人要抹掉男人心中的那个影子，换上自己。

男人看到女人剪掉了长发就问她，好好的，把头发剪了干吗?

女人说短头发多好，简单，方便，洗头还省洗发水呢。你没发现我剪短发后人精神了许多?

男人不再吭声。

此后，女人每个月都去美容店将头发剪短，女人心想剪掉头上的头发，就可以剪掉男人心中的情丝，让他心中只有自己。

公司组织到分公司培训，要求外勤主管职级以上的都必须参加。女人是新晋升的主管，所以也在参训之列，培训时间一周。

女人临走之前给了男人一个大大的拥抱，然后将嘴贴在男人耳朵前喃喃地说：我要出差一周，你要老老实实等我回来……

一周后，女人出差回来了。离开一周，屋子整洁如初，很欣慰。她有些累，准备小睡一会儿，正准备躺床上的时候，发现床上居然有一根长头发!

女人将头发拾起仔细瞧了又瞧，又将头发放回原处，她等着男人回来解释。

男人下班后，和往常一样，买了菜回来。

看到女人，他礼节性地打了个招呼，然后开始做饭。

女人问，这几天，有谁来我们家做客吗？

男人一脸茫然，说，没有谁来做客啊。

女人又问，串门的都没有？

这里的人我谁都不认识，谁来串门啊？男人继续茫然地回答。

那这是什么！女人再也忍不住，指着那根长头发，吼道。

男人走过来，看清楚女人说的是一根长头发，说，我不知道。

你不知道！你一句不知道就解决问题了！女人的火更大了，怒吼带着哭诉。

……

离婚！

女人最终吼出这句话。

第二天，他们离婚了。男人离开了曾经也属于他的家，把所有一切留给了女人。

女人独自躺在床上，想着以前每晚睡觉前和醒来后都可以看到男人那张精致的脸，而今……女人想着，想着，又开始恨男人，女人一边想一边骂男人都不是好东西！想了一夜，骂了一夜。那根长头发像是勒在自己脖子上的绳子，让自己不能呼吸，喘息都不成。

第二天女人请了病假，一夜没睡的她再也熬不住了。

女人失了神，丢了魂，将自己关在家里啥事也不干，整日躺在床上。因为床挨着窗，她又紧闭了窗户。

一周后，女人从黑暗中走出来，她心想，人还得活，日子还得继续过。她打开窗户，站在窗前想看看外面的风景，吹吹风都成。

就在此刻，一根长发顺风飘在女人脸上。

风过了无痕

他有张棱角分明、精致耐看的脸。当他第一次走进“尘缘”酒吧的时候，昏暗的灯光并没有挡住被他吸引过来的一长串目光，欣赏、凝目，还夹杂着些许暧昧。

他竭力想表现得平静点儿，再平静点儿，因为这是他第一次来这种地方。两个小时前，那个整天在他面前小鸟依人、说非他不嫁的，他曾经巴不得把心都掏给她的小静，告诉他：你什么都给不了我，别说车子房子，我要去星巴克喝咖啡也被你说成是浪费，以后我再也不想见到你！说完，一头栽进一个光头男人的怀里。

他点了两瓶科罗娜，蜷缩到只有张小桌子的角落，用开瓶器开了酒，一口喝了个见底，打算开另一瓶的时候，一个女人朝他走过来。

女人说，哟，还会用开瓶器呢！

他看了女人一眼，不搭话。

女人夺过他手上的酒瓶，用牙咬开了瓶盖，递给他。

女人的这一举动，镇住了他。小静是他的第一个女朋友，小鸟依人，温柔尔雅，纤纤弱弱，他哪见过这般烈女。

女人见他愣住了，微微一笑，叫服务生送来一打百威。女人告诉他，喝科罗娜就像用开瓶器开酒一样，太矫情，还是百威够味。说完，就用牙咬开一个瓶盖，一口见底。

他们就这样聊了起来。

一开始，他一直在听女人絮絮叨叨地讲，关于她和她的那个男人的故事。她说：男人有老婆，有孩子，还有钱，他能给自己除了名分外的一切。男人给自己租了一套偌大的房子，一张永远刷不爆的卡……但是每个月他只来这里两天，其他时间，陪自己的是一条叫阿福的狗，还有寂寞……女人又咬开一个瓶盖，每说几句，就小喝上一口，再盯着他看一眼，仅一眼，就又闪开了。

女人突然想起点儿啥，说，小屁孩，我以前咋没见过你呢？新来的吧？告诉姐姐，发生啥不高兴的事了，看你脸上的恨，挤得你的小脸儿都不帅气了。女人说这话的时候，满脸的温情和暧昧。

他开始正眼瞧这个给他讲了那么多话的女人，也就三十岁上下，脸上涂着层厚厚的脂粉，大概是想遮住岁月的痕迹，却反添了不少俗气。

你叫谁小屁孩呢！他带着点儿火气冒出这么句话，又说，要是你脸上的脂粉少涂两层，说不定人家看到还说你是我小妹呢！他自己都不知道自己哪儿来的心情还调侃上了。

小屁孩，不错嘛，还知道老姐我脸上粉厚，告诉你，我这是故意的，这鬼地方灯光这么昏暗，不把脸上涂得鬼白鬼白的，哪儿能吸引男人的眼光！哈！

喝酒！女人给自己咬开一瓶，又递给他一瓶。

他把酒瓶轻轻向女人的酒瓶碰了碰，自个儿喝起来。

一瓶又一瓶。

没过多久，他们就喝光了这打百威，他的脸有些微微发烫。女人说看不出来你小子挺能喝的，就叫服务生开了一瓶轩尼诗VSOP，他怯怯地接过装着半杯烈酒的杯子。女人淡淡地说，放心，酒钱算老姐的，开心才是重要的！

他轻轻抿了一口烈酒，说，老姐你不是想听我的故事吗？我讲给你听。他开始絮絮叨叨地讲，讲他和小静相识，相知，相爱，讲他们之间如何甜蜜，讲小静是如何粘着他，讲他是多么爱小静……说着，他感觉晕晕的，一口吞掉了半杯酒，丢下句“去他妈的爱情”，就开始发呆了。

女人没有说话，只是静静地看着他，陪他喝酒……

待他再次清醒过来的时候，已经是第二天早上了。

他躺在一张陌生的床上，床很温暖，屋子装得很精致，透着一股小资味儿。

就在他发呆的时候，女人穿着睡衣走过来坐在床边，暧昧地盯着他，柔柔地说，你醒了，快起床吃早饭吧，昨晚你吐到半夜。女人几乎没有化妆，只打了淡淡的粉底，和昨晚在酒吧的浓妆相比，纯纯的感觉。他准备起床时才发现自己竟然是全裸的。女人看着他尴尬腼腆的样子，就转身出去了。他努力想回忆起昨天晚上发生过的事，但是什么都想不起来，脑袋继续晕晕的。

早餐是一杯鲜牛奶，两颗茶香鸡蛋和三片肉松面包。女人告诉他，这是亲自为他做的。他感觉饿极了，大吃起来，女人就很幸福地看着他狼吞虎咽。

吃完早餐，他要离开，临走时，女人告诉他，如果心情不好，就来找她，这里的大门永远为他而开。

他没说话，头也不回就走掉了。

在大街上，他从裤兜掏烟的时候掏出来几张一百元的人民币，于是他从城东的台球室晃到城西的网吧，再从城南的K歌房晃到城北的游戏厅。这些都是他平时从来不去的地方。而此刻的他，只想着如何尽快把那些钱花出去，没有任何理由。

傍晚的时候，钱终于花光了。

不知不觉中，他竟然又走到了女人的家门口。待了半晌，他按了门铃，女人开门看到是他，就叫他快进屋。他木然地走进去。

他很自然地上了他昨晚睡过的那张床，不同的是，这次他很清楚地感知到女人就依偎在他怀里。

第二天，他又重复着昨天的一切：人民币，台球室，网吧，K 歌房，游戏厅，一切都那么熟悉，又那么陌生。还有女人。

第三天亦如此。

日子重叠了半个月。女人告诉他，那个男人要过来小住两天，让他暂时回避两天。他掉了魂儿般，游荡在大街上。

不知道过了多久，他突然接到了小静的电话，小静在电话那端没有说话，只是一个劲地哭。要是往常，他的心早就碎了，而此刻的他心却死水般平静。与此同时，他还看到一张熟悉的女人的脸，那个半个月来，每天夜里都依偎在他怀里的女人，正挽着小静曾经一头栽上去的光头男人的手臂，徜徉在阳光下，碎碎的步子，满脸的幸福。

日食

那天农历初一，太阳火辣辣地烤着，烤得鸡鸭乱蹦乱跳，十八岁的妞子背上背篓，拿把镰刀就出门打猪草去了。

妞子出门的时候，大黄在那里不停地叫唤，妞子听到狗的叫声，心里很是舒坦。妞子想，真是个好天气，正好可以多割些猪草把猪喂肥点儿。

妞子到了油菜地里，油菜丛中满是“鹅儿草”“丝丝草”等优良品种。妞子很激动，割起一把“丝丝草”轻轻一扬，就扔进了背后的背篓里，熟练地完成这一连串动作。

妞子感觉热得发慌。她低眉向四周望了一圈，没发现人影，扯起衣裳就往脸上抹。

妞子扯衣裳的瞬间，露出耀眼的两片白光。

平子在挖土，一直猫着腰，所以妞子低眉望四周的时候，目光没扫到他。

平子狠狠地把锄头往地上一挖，空出一双手来。他往左手上吐了几口唾沫，站直了身体准备搓手，就在搓手的瞬间，两片白光直直地射过来。平子顺着白光往上看，那不是妞子吗？妞子竟然在扯起衣服擦汗水！

平子是个愣青头，三个月大的时候死了娘，从那时候起到如今的十八年间，平子再没在现实中见到过女人的奶子，最多也就是在梦中见过。

平子死死地把那两片白光盯着不放，妞子擦完汗水，继续割草的时候才看到远远地死死地盯着自己看的平子，脸唰地变得绯红。妞子本想骂几句，但一想是自己粗心惹的祸，再说人家也没对自己咋的，就认了。

几朵云散散地铺在天边，一阵油菜香飘过，还吹来了几丝凉风。妞子继续割草，平子则继续发愣，顺便回味。

妞子认识平子，平子也认识妞子。他们都是初中毕业就没再读书，妞子待家里每天打猪草，放鸡鸭，等过了春节，虚岁二十就嫁人；平子毕业后在外打工，如今农忙季节，他就回来帮忙挖地。妞子是个文静的女孩儿，平子和所有男孩子一样叛逆，所以平日里他们几乎没话可说。

突然，太阳被一片黑色切掉一块边，妞子忽地打了个寒战。她想起了出门时鸡鸭狗的又蹦又跳，还想起今天是初一，朔日，天狗吃太阳。妞子的脸就浮起了几片云。

平子也发现太阳被切掉一块，憨憨地傻了半分钟，想起了刚才刺眼的两片雪白。他径直向妞子走去。妞子看到平子向自己走过来，没吭声，继续割草。

平子走近妞子的时候，他喊了声：妞子！

妞子没回答，直直地站了起来。

平子一笑，走上前去一把夺了妞子手上的镰刀，还一把抱住了妞子。

妞子被吓住了，准备大叫，却被平子死死地把嘴捂住，叫不出声来。

平子把妞子摁倒在油菜地里，用膝盖把妞子控制在地上，任凭她怎么挣扎也摆脱不了，左手死死地捂住妞子的嘴，右手一把撕裂了妞子的衣服。平子又看到了刚才让他回味了许久的两片雪白，饿虎般扑上去，用身体死死地压住妞子，然后脱去妞子的裤子……

一声凄凉而惨烈的叫声从妞子的嘴里吼出来，她知道自己如何反抗都是徒劳……

太阳被切的部分越来越多，只剩下大半块圆弧，气温下降了许多，妞子突然觉得周围一片冰凉。她紧紧地抱住平子，这让平子更加激动……

太阳被切的部分渐渐恢复，渐渐恢复到起初那个大又圆且刺眼的太阳。

平子瘫成一堆泥，从妞子身上翻过来，平躺在地上。妞子赶紧穿上衣服裤子，给平子一记响亮的耳光后，背起背篓回家了。

两个月后，妞子感觉到胃里有东西在翻滚。她冲到地坝外准备吐，却什么也没吐出来。妞子还想起自己两个月没来那个了，她急了。她悄悄地到医院去检查，天啊，怀孕了！都是狗日的平子干的好事，妞子在心里骂。

妞子没把这事告诉给父母。她去找平子。

妞子说，我有了。

平子问，有啥了？

妞子说，有孩子了。

平子又问，哪儿来的孩子？

妞子没吭声，抡起右手，在平子的脸两边各留下五个粉嫩的指印，转身就走人了。头也没回。

妞子想好了，马上去找个男人把自己嫁出去，然后把孩子生下来养着。

一个月后，妞子就真的找个男人嫁了。她嫁给了村里的王瞎子。王瞎子眼睛不瞎，只是年轻时候在石塘采石时不小心弄断了男根，所以到了三十岁都还没娶到老婆。

半年后，妞子早产了个孩子，是个男孩儿。妞子很欣慰，王瞎子很激动，心想终归也算个“根”，管他谁的种。好好地把孩子养大，好歹是个爹！

平子春节回家时看到妞子怀里抱个奶孩子，想上前去望上一眼，却被妞子给拒绝了。

来年春节，平子回家的时候看到妞子牵着的小孩儿可以走路了。小孩儿喊着“爸爸”，还跌撞着向自己的方向奔来。他便伸出双手，准备上前去抱那孩子。没想到那孩子竟然从自己身旁蹦过，扑进了王瞎子的怀里。